Die Todesvögel Salazars

Miguel Araújo Oliveira, 1979 in Hamburg geboren, ist Autor verschiedener Bücher, unter anderen über die Schriftsteller John Dos Passos, Günter Grass und Ödön von Horváth. Seit der Veröffentlichung seines Gedichtbandes *Sem Título* gilt Miguel Oliveira als einer der wichtigsten Vertreter der madeirensischen Gegenwartsliteratur. Eine Auswahl seiner Gedichte wurde in mehreren Anthologien zeitgenössischer portugiesischer Dichter aufgenommen. Derzeit ist Oliveira Professor an mehreren Lissaboner Universitäten.

Die Todesvögel Salazars

Eine Tragödie in zwei Farcen

Miguel Araújo Oliveira

Bibliografische Information der Deutschen Nationalbibliothek:
Die Deutsche Nationalbibliothek verzeichnet diese Publikation in der Deutschen
Nationalbibliografie; Detaillierte bibliografische Daten sind im Internet über
<u>dnb.dnb.de</u> abrufbar.

Die portugiesische Originalausgabe des vorliegenden Stücks erschien 2017 unter
dem Titel: *O PIDE*. Die erste deutschsprachige Übersetzung erschien 2021. Eine
zweite Auflage erschien im April 2024. Die vorliegende Übersetzung weicht an
einigen Stellen von den vorigen ab und enthält ein Nachwort.
Verlag: BoD • Books on Demand GmbH, In de Tarpen 42, 22848 Norderstedt
Druck: Libri Plureos GmbH, Friedensallee 273, 22763 Hamburg
ISBN: 978-3-7597-6974-9

für Melanie und Nicole

---

den Opfern
in Memoriam

„Denn es soll nicht vergessen werden
im Mund ihrer Nachkommen"
(Deuteronomium 31: 21)

Inhalt

Inhalt

Personen

»Ich habe dich bei deinem Namen gerufen«

(Jesaja 43: 1)

Guilherme Vasconcelos	Student der juristischen Fakultät der Universität Lissabon
Rafael Eduardo Barros	Student am Institut für Wirtschafts- und Finanzwissenschaften der Technischen Universität Lissabon
Manuel Fernandes e Castro	Angeklagter
Noémia Cardoso	Freundin von Ana Luísa Rebelo und Studentin am Institut für Wirtschafts- und Finanzwissenschaften der Technischen Universität Lissabon
Maria Correia Costa	Mutter von Pedro Miguel Costa
Jorge Henrique de Sousa	Freund von Cláudio Pestana
Ana Luísa Rebelo	Todesopfer der Geheimpolizei DGS
Pedro Miguel Costa	Deportierter in der Strafkolonie Tarrafal, Kap Verde
Cláudio Pestana	Gefangener im Kerker von Caxias der Geheimpolizei DGS
Pfarrer	

Erster Agent	der DGS
Zweiter Agent	der DGS
António João dos Ramos	Polizeibeamter
Strafrichter	am Tribunal da Boa-Hora
Maria Amália Ramalhos	Mutter von Rafael Eduardo Barros

Erste Farce

Erste Szene
»Die Wahrheit...«

Es ist der 10. April 1974. In der Mitte der Nacht. Wir befinden uns in einem Raum im Tribunal da Boa Hora,[1] in dem eine kleine Gruppe von Dissidenten, mehrheitlich Studenten, eingebrochen ist. Der Ein- und Ausgang befinden sich auf der linken Seite der Bühne. Auf der gleichen Seite befindet sich zum Publikum gewandt ein Richterpult. In der Mitte steht eine leere Anklagebank. Auf der rechten Seite der Bühne sind vier Stühle aufgestellt. Das Bühnenlicht fällt auf die Tische und Stühle.

[Alle Dissidenten sind unauffällig gekleidet. Noémia Cardoso, sitzt auf einem der Stühle auf der rechten Seite der Bühne. Guilherme Vasconcelos, Student an der juristischen Fakultät, sitzt am Richterpult. Seine Gesichtszüge sind sorgenvoll. Es herrscht eine angespannte Atmosphäre. Maria Correia Costa geht nervös auf und ab. Die Stille ist schier unerträglich und fällt schwer auf das Gemüt der kleinen Gruppe.]

GUILHERME VASCONCELOS [*aufgebracht:* — Verdammt! Setzen Sie sich hin! Ihr Auf und Ab geht mir auf die Nerven! [*zügelt sich:* —Verzeihen Sie mir bitte! Die Pferde gehen mit mir durch!

[Maria Correia Costa, eine Frau in den Mittfünfzigern, die einen dunklen Rock trägt, sieht ihn bestürzt an. Sie setzt sich gehorsam auf einen der leeren Stühle. Sie schaut auf ihre Uhr. Die Zeit vergeht. Eine Ewigkeit passiert nichts. Nur hin und wieder unterbricht ein nervöses Räuspern von Guilherme Vasconcelos die Stille. Plötzlich ist von draußen ein Geräusch zu vernehmen. Rafael Eduardo Barros und Jorge Henrique de Sousa treten in den Gerichtssaal ein. In ihrer Mitte bringen sie Manuel Fernandes e Castro, den sie nach vorne stoßen. Manuels Gesicht und Oberkörper sind mit einem braunen, robusten Kartoffelsack bedeckt. Die Hände wurden ihm auf den Rücken gefesselt.]

GUILHERME VASCONCELOS — Endlich! -- Hat euch jemand gesehen?

11

RAFAEL EDUARDO BARROS — Nein! -- Bestimmt nicht! -

GUILHERME VASCONCELOS — Nimmt ihm das ab!

[Jorge Henrique de Sousa streift Manuel Fernandes e Castro den Leinensack vom Kopf. Dabei unterstützt ihn Rafael Eduardo Barros. Danach entfernen sie den Strick, mit dem sie Manuels Hände zusammengebunden hatten. Manuel Fernandes wird zum Tisch in der Mitte geführt: der Anklagebank.]

MANUEL FERNANDES E CASTRO — Wo bin ich hier? Was soll das?

[Manuel Fernandes sieht sich ängstlich um. Er schaut in alle Gesichter. Plötzlich rennt er zum Ausgang und versucht zu entkommen. Aber Rafael Eduardo Barros packt ihn rechtzeitig am Arm. Jorge Henrique de Sousa kommt ihm zur Hilfe. Zusammen bezwingen sie Manuel Fernandes. Sie bringen ihn gewaltsam zurück an den Tisch und setzen ihn unsanft auf den Stuhl. Eingeschüchtert hört Manuel Fernandes auf, Widerstand zu leisten.]

MANUEL FERNANDES E CASTRO *[protestiert:* — Was wollt ihr von mir? Wer seid ihr? Was soll das Ganze?

GUILHERME VASCONCELOS — Halten Sie den Mund! Wir stellen hier die Fragen! Verstanden?

[Manuel antwortet nicht. Rafael Eduardo Barros schlägt Manuel von hinten auf den Kopf.]

GUILHERME VASCONCELOS — Haben Sie das verstanden?

MANUEL FERNANDES E CASTRO — Ja doch! --- Ich habe verstanden!

[Guilherme signalisiert Rafael Eduardo Barros und Jorge Henrique de Sousa, sich zu setzen. Manuel verfolgt sie mit einem verängstigten Blick.]

GUILHERME VASCONCELOS — Wie heißen Sie?

MANUEL FERNANDES E CASTRO *[mit zittriger und unsicherer Stimme:* — Manuel e Castro.

GUILHERME VASCONCELOS — Manuel Fernandes e Castro! Richtig?

MANUEL FERNANDES E CASTRO — Ja, Manuel Fernandes...

GUILHERME VASCONCELOS — Und Sie wissen nicht, warum Sie heute hier sind? Sie haben auch keine Ahnung, warum Sie hier sein könnten?

MANUEL FERNANDES E CASTRO — Ich weiß es nicht! Ich weiß nicht einmal, wo ich hier bin!

[*Rafael Eduardo Barros lacht auf. Es ist ein böses Lachen.*]

GUILHERME VASCONCELOS [*hämisch:* — Ach Sie wissen nicht, wo Sie sind? -- Sie wissen es wirklich nicht? Sehen Sie sich doch einmal um! Sie waren doch schon einmal hier, oder etwa nicht? [*bestimmt:* — Sogar mehr als nur einmal! --- Sie sind hier im Tribunal da Boa Hora! Sagt Ihnen das etwas?

[*Manuel Fernandes schüttelt den Kopf. Wieder ein böses Lachen von Seiten Rafael Eduardo Barros.*]

GUILHERME VASCONCELOS [*sarkastisch:* — Natürlich nicht! --- Kennen Sie eine junge Frau mit Namen --- Ana Luísa?

MANUEL FERNANDES E CASTRO — Nein! --- Ich habe noch nie von einer -- Ana Luísa gehört. --- Nein!

GUILHERME VASCONCELOS — Ana Luísa ... Rebelo! --- Sind Sie sich sicher, dass Sie sie nie gekannt haben? Ich habe hier ein Bild von ihr!

[*Er steht auf und bringt Manuel Fernandes e Castro das Foto zur Anklagebank und legt es ihm auf den Tisch.*]

GUILHERME VASCONCELOS — Sie erkennen sie also nicht?

[*Manuel schaut mit aufgerissenen Augen auf das Foto. Er ist immer noch verängstigt. Er schüttelt den Kopf.*]

MANUEL FERNANDES E CASTRO — Nein! Ich kenne sie nicht! --- Was soll das Ganze hier? Warum...

GUILHERME VASCONCELOS [*fährt ihn unwirsch an*: — Halten Sie den Rand! Ich habe es Ihnen doch schon gesagt! Ich bin hier derjenige, der die Fragen stellt!

[*Rafael Eduardo Barros steht auf. --- Mit einer Geste fordert Guilherme ihn auf, sich wieder zu setzen.*]

GUILHERME VASCONCELOS — Und Cláudio Pestana? ---

[*Pause.*]

GUILHERME VASCONCELOS — Jorge Henrique de Sousa?

[*Pause.*]

GUILHERME VASCONCELOS — Pedro Miguel Costa?

[*Pause.*]

GUILHERME VASCONCELOS [*voller Verachtung*: — Die kennen Sie wohl auch nicht? -- Nicht wahr?

MANUEL FERNANDES E CASTRO — Nein! Ich kenne diese Leute nicht. Keinen von ihnen! Ich habe diese Namen noch nie in meinem Leben gehört!

GUILHERME VASCONCELOS — So, so! Sie erinnern sich nicht an die Namen! Vielleicht erinnern Sie sich, wenn Sie ihre Gesichter sehen? --- Vielleicht fällt Ihnen ja dann wieder etwas ein!?

[*Guilherme legt weitere Fotos auf den Tisch. Verteilt sie auf der Tischplatte. Erst will Manuel sie nicht sehen. Wütend greift Guilherme nach Manuel, beugt ihn abrupt vornüber, so dass Manuels Nase auf den Fotos landet. Nachdem Guilherme Manuel endlich loslässt, sieht sich Manuel nun alle Fotos an. Verängstigt. Beklommen, schüttelt er den Kopf.*]

MANUEL FERNANDES E CASTRO — Nein, ich schwöre! Ich kenne sie nicht! Ich habe sie noch nie gesehen!

JORGE HENRIQUE DE SOUSA — Lügner! Mich kennt dieser Hund!

[*Manuel Fernandes dreht sich zu Jorge um. Mustert ihn. Schüttelt erneut den Kopf.*]

MANUEL FERNANDES E CASTRO [*verzweifelt:* — Ich schwöre, ich kenne sie nicht! Ihn nicht und die anderen auch nicht! Ich schwöre es, bei meiner seligen Mutter!

RAFAEL EDUARDO BARROS — Hurensohn!

NOÉMIA CARDOSO — Mörder!

MANUEL FERNANDES E CASTRO [*jammert:* — Ich ein... Mörder? --- [*verzweifelt:* — Noch nie habe ich die gesehen! Ich schwöre es, bei Gott, ich kenne sie nicht!

GUILHERME VASCONCELOS — Das ist ja eigenartig! Es gibt hier nämlich Leute, die ihrerseits beschwören, dass Sie sie gekannt haben. Und zwar alle gekannt haben. Ausnahmslos alle! --- Aber deswegen sind wir ja heute hier, um die Wahrheit herauszufinden!

[*Guilherme kehrt wieder zum Richterpult zurück.*]

GUILHERME VASCONCELOS — Ich erkläre die Sitzung für eröffnet! Manuel Fernandes e Castro wird beschuldigt, ein Spitzel der PIDE[2] zu sein.

MANUEL FERNANDES E CASTRO [*protestiert:* — Ich? Ein PIDE!? Ich habe noch nie für den Staatsschutz gearbeitet!

GUILHERME VASCONCELOS — Halten Sie den Mund! Unterbrechen Sie mich nicht! --- Dies ist meine letzte Verwarnung!

[*Manuel Fernandes e Castro sieht sich wieder eingeschüchtert um.*]

GUILHERME VASCONCELOS — ...Wird beschuldigt, ein inoffizieller Mitarbeiter der PIDE zu sein und unsere Freunde und Kommilitonen aus meiner und anderen Fakultäten denunziert zu haben! Um die Wahrheit herauszufinden, ruft dieses Gericht die erste Zeugin auf: --- Noémia Cardoso!

MANUEL FERNANDES E CASTRO — Wie bitte? Ich muss doch protestieren! Was für ein Gericht? Das ist wohl ein schlechter Scherz! Mit welcher Autorität denn? Was nehmt ihr euch da heraus? Ich erkenne dieses Gericht nicht an! Ich erkenne es nicht an! Ein Dummejungenstreich! Nichts Anderes ist das hier! Ein niederträchtiger Schabernack!

GUILHERME VASCONCELOS — Jetzt reicht es mir!

[*Guilherme Vasconcelos gibt Rafael Eduardo Barros einen Wink, der sofort aufsteht und auf Manuel zugeht.*]

MANUEL FERNANDES E CASTRO [*steht auf*: — Lasst mich hier raus! Ihr werdet diesen schlechten Scherz noch bereuen! Das verspreche ich euch! --- Noch können wir diese ganze Geschichte hier vergessen. Ich werde euch auch nicht anzeigen!

[*Rafael Eduardo Barros versetzt Manuel Fernandes e Castro einen Kinnhaken. Der Schlag ist so heftig, dass Manuel aus der Nase blutet. Rafael Eduardo Barros zwingt Manuel, sich wieder zu setzen. Manuel leistet keinen weiteren Widerstand. Er holt ein Taschentuch aus der Tasche und versucht, das Blut abzutupfen. Guilherme signalisiert Rafael Eduardo Barros, sich wieder zu setzen.*]

GUILHERME VASCONCELOS [*unbeeindruckt, als wäre nichts passiert*: — Frau Noémia Cardoso! --- Bitte treten Sie vor!

[*Noémia Cardoso, eine junge Frau, steht auf. Sie stellt sich zu Guilherme neben das Richterpult.*]

GUILHERME VASCONCELOS — Schwören Sie, die Wahrheit zu sagen, die Wahrheit und nichts als die Wahrheit?

NOÉMIA CARDOSO — Ich schwöre Herr Richter!

MANUEL FERNANDES E CASTRO [*zwischen den Zähnen:* — Das ich nicht lache! Herr Richter!

GUILHERME VASCONCELOS [*ihn ignorierend:* — Bitte! Sie haben das Wort!

NOÉMIA CARDOSO — Am 23. Februar gingen Ana und ich -- Ana Luísa Rebelo, wir beide studieren Wirtschaft und Finanzmanagement -- also wir gingen beide die Marquis de Fronteira Straße entlang. Gerade als wir am Henrique Mendonça Palast[3] vorbei wollten, sah ich auf der anderen Straßenseite einen Mann stehen, der auf Ana zeigte. Daraufhin kamen zwei Männer in Zivil auf uns zu. Sie fragten uns nach unseren Namen und wir antworteten ihnen. Der eine packte Ana sogleich am Arm und sagte, es sei besser, kein Aufsehen zu machen und ihm zu folgen. Man würde ihr nur ein paar Fragen stellen und Ana könnte dann wieder nach Hause gehen. Ana wehrte sich nicht und begleitete ihn. Wohin sie gegangen sind, weiß ich nicht.

[*Pause.*]

NOÉMIA CARDOSO — Der andere fragte mich nach meiner Adresse. Aus Angst sagte ich ihm, wo ich wohnte. Das war auch besser so. Denn er zwang mich, auf der Stelle nach Hause zu gehen. Er begleitete mich bis vor die Haustür. Von dem Zeitpunkt an beobachtete ein Mann in Zivil das Haus. Wenn immer ich ausging, ob nun in die Universität oder nur in ein Café, wenn immer ich einen Spaziergang machte oder einen Termin wahrnahm, verfolgten sie mich. Manchmal waren sie schon da. Lasen die Zeitung, als wäre nichts. Sie warteten auf mich. Ich setzte mich, --- lustlos --- und sah sie mal verächtlich, mal zerfahren an.

[*Pause.*]

NOÉMIA CARDOSO — Wenn immer ich nach Hause zurückkam, fand ich meine Schreibtischschubladen halb offen vor. Am Anfang fragte ich mich, ob ich sie vielleicht, aus Unachtsamkeit, tatsächlich offen gelassen hatte, bevor ich das Haus verließ. Aber als ich dann den

Schreibtisch genauer untersuchte, fand ich, dass jemand meine Korrespondenz durchgesehen haben musste. Briefe, die vorher noch im geschlossenen Umschlag gesteckt hatten, waren inzwischen geöffnet und gelesen worden! Die Seiten in meinem Adressbuch schienen an den Rändern leicht zerknittert. Meine Kleidung, die ordentlich und gebügelt im Kleiderschrank hing, hatte hier und da auf einmal Falten bekommen. Einige Blusen waren sogar vom Kleiderbügel gefallen. Ich beobachtete sorgfältig, ob Gegenstände in den Regalen oder Möbelstücke bewegt worden waren. Nervös sah ich mich um und untersuchte, ob mir nebst meiner inneren Ruhe noch etwas anderes gestohlen worden war. [*hysterisch*: — Wer sich auch immer Zutritt verschaffte, durchsuchte auch mein Bett. Sie überprüften, ob unter der Matratze etwas versteckt war. Etwas unter dem Bettlacken oder dem Kopfkissen lag. Sie drehten jeden Teppich um! Sie inspizierten meine Fotos, die auf dem Nachttischchen standen. Wahrscheinlich lösten sie sie aus den Rahmen. Sogar meine schmutzige Wäsche mussten sie durchsucht haben. Den Mülleimer. In der Küche inspizierten sie gar mein Essen. Wer weiß... ob sie nicht hineingespuckt haben?! --- Und im Badezimmer... Gab es Fingerabdrücke. Am Spiegelschrank, die nicht meine waren. [*sich am Kopf fassend*: — Oder waren es meine und ich bilde mir das alles nur ein? --- Was, wenn sie die Toilette... benutz hatten!? Meine Seife verwendeten, um sich, wie Pilatus, die Hände zu waschen!? --- Oh, das ist widerlich! -- Ich fühlte mich nicht mehr wohl in meinen eigenen vier Wänden! Ich konnte mich nicht mehr waschen. Hinlegen. Schlafen. --- Ich habe sogar aufgehört, ans Telefon zu gehen. Anrufe zu tätigen. Wer weiß, ob sie mich nicht abhörten? --- Es gab Tage... an denen ich die Bücher in meinem Regal gründlich durchging. Eines nach dem anderen. Ich hatte Angst, dass sie mir dort einen verbotenen Titel platziert hätten. Von Marx. Lenin. Trotzki.[4] Nur um es mir unterzuschieben und mich verhaften zu können. ---

[*Pause.*]

NOÉMIA CARDOSO — Einmal vergaßen sie, meine Haustür wieder hinter sich abzusperren. Sie ließen sie nur angelehnt. Ohne dass die Falle ins Türschloss schnappte. Ich war so wütend. Weil in der Zwischenzeit doch jedermann in meine Wohnung hätte reinkommen können! --- Ein anderes Mal, es war schwüles Wetter, hatten sie ein Fenster geöffnet. Und es offen stehen lassen! -- Man könnte sich jetzt fragen, ob hier Laien, regelrechte Stümper am Werk waren. Aber es waren keine Dilettanten! Keine Amateure! Das alles war kein Versehen. Sie wollten es mich wissen lassen. Unbedingt! Wollten sie es mich wissen lassen. Dass sie bei mir ein- und ausgehen konnten, wann immer sie wollten. Wie es ihnen beliebte. --- In der Küche fehlten auf einmal Lebensmittel. Sie hatten sich Stullen geschmiert und sie bei mir im Haus verzehrt. Denn überall lagen Brotkrumen herum. Verstreut auf den Teppichen. Verteilt im Wohnzimmer, im Flur. Selbst auf meinem Bettlacken. Dann einmal ließen sie einen Zettel auf dem Brotkasten liegen. Darauf stand sehr leserlich geschrieben, ich solle doch Käse und Wurst für meine Gäste im Haus bereithalten. Immer nur Butter wäre ihnen zu fade. ---- Es schien ihnen sichtlich eine sadistische Freude zu bereiten. Mir meine Ruhe zu nehmen. Sie mir zu rauben. Mich zu brechen. Mürbe zu machen. Mir auf meinen Nerven herum zu trampeln. Mich dem Wahn -- dem Verfolgungswahn – völlig – auszuliefern.

[*Sie stockt kurz. Atmet flach. Ringt nach Luft. Luft!*]

NOÉMIA CARDOSO — Irgendwann dachte ich daran, die Polizei zu rufen, wegen des Tatbestands des Hausfriedensbruchs. Es zur Anzeige zu bringen, dass mir Unrecht widerfuhr. Aber was hätte das genützt? Es war ja die PIDE, der Staatsschutz, der mich ausspionieren ließ. Die Polizei hätte da keinen Finger für mich gerührt. Im Gegenteil. Sie hätten viel eher ihre Kollegen vom Staatsschutz bei der Überwachung meiner Wohnung eifrig unterstützt. Oder sie hätten mich wegen Verleumdung rangekriegt. Und verprügelt. --- Aber wen sonst hätte ich rufen können, um mich aus meiner Ohnmacht zu befreien? Freunde und Familie hätte ich nur der Gefahr ausgesetzt. – Ich war verzweifelt! Aus Angst vertraute ich mich niemandem an. Ich habe geschwiegen. Dabei hätte ich so dringend mit jemandem reden müssen. Mit Ana... --- Fast wäre ich verrückt geworden. Hätte meinen Kopf verloren... Denn meine Illusion, ich könne mich in meinen eigenen vier Wänden in Sicherheit wiegen, war in tausend Stücke zerborsten. Tausend Tonscherben, die ich Nacht für Nacht zähle. Wie andere Schafe zählen. Zähle ich Lebensscherben; Eine, zwei, drei, hundert, tausend--- Scherben...

[*Pause.*]

NOÉMIA CARDOSO [*seufzt erleichtert*: — Eines Tages aber -- haben sie das Interesse an mir verloren. – Gott sei Dank! Sie entließen mich zurück in mein Leben. Auch wenn ich bis heute -- meine innere Ruhe nicht wiederzuerlangen vermochte. --- Die PIDE hielt es für wichtiger, ihre Schergen auszuschicken, um die Plakate zu inspizieren, die an der Universität, an den schwarzen Wänden hingen. Ich habe sie dabei beobachtet, wie sie sich Notizen zu den Plakatinhalten machten. Wie sie unseren Protest und unsere Empörung schriftlich aufnahmen. Unsere

Auflehnung. Genauestens protokollierten. Unsere zwischen den Zeilen der Aushänge versteckte Abneigung. Gegen die Diktatur. Gegen die Repressionen. Gegen die Gewaltherrschaften und die Ausbeutung der Werksarbeiter. -- Ich habe gesehen, wie sie die Affiche abhängten und zerrissen, nur weil auf ihnen eine zerschundene Frau mit einem vietnamesischen Strohhut abgebildet war. Sie wissen nur zu genau, wofür dieses Bild steht! Für den kriegerischen Konflikt im Vietnam. Gegen den wir insgeheim demonstrieren. --- [holt Luft: — Ja, mich haben sie wieder in mein Leben entlassen. -- Gott sei Dank!

[*Pause.*]

NOÉMIA CARDOSO [*wieder besorgt*: — Wir haben jedoch nie wieder von Ana gehört. Nicht einmal ihre Eltern wurden darüber informiert, was seitdem mit ihr geschehen ist. Sie bleibt bis heute verschwunden. Vielleicht haben sie sie nur ins Gefängnis gesteckt!? Aber vielleicht wurde sie auch ermordet!? -- Die Ungewissheit ist nicht zu ertragen![5]

GUILHERME VASCONCELOS — War es ein Mann, der Ana Luísa Rebelo denunzierte?

NOÉMIA CARDOSO — Ja!

GUILHERME VASCONCELOS — War es der Angeklagte?

NOÉMIA CARDOSO [*nachdenklich*: — Er ähnelt ihm zweifellos! [*leise*: — Ich habe ihn aus der Ferne gesehen. --- Es war nur ganz kurz. Und ich hatte Angst. Ich habe sofort weggesehen. --- Und es ist lange her. --- Dennoch...

MANUEL FERNANDES E CASTRO [*blass*: — Zweifellos? Ähnlich? Wie denn, wenn ich es nicht war! Ich war es nicht! Es ist nicht meine Schuld, dass ich einem Mann ähnlich sehe, der dich und deine Freundin denunziert hat!

[*Rafael Eduardo Barros steht auf und nimmt eine bedrohliche Haltung ein.*]

RAFAEL EDUARDO BARROS — Halt deinen Mund, Häscher!

[*Er sieht erwartungsvoll zu Guilherme Vasconcelos, doch der schüttelt den Kopf. Rafael Eduardo Barros setzt sich wieder.*]

GUILHERME VASCONCELOS — Wissen Sie, wo sich Ana Luísa befindet? Wissen Sie, ob sie noch lebt?

MANUEL FERNANDES E CASTRO — Ich weiß von nichts!

GUILHERME VASCONCELOS — Warum haben Sie Ana Luísa Rebelo denunziert?

MANUEL FERNANDES E CASTRO — Ich habe bereits gesagt, dass ich sie nicht denunziert habe! Ich kenne sie nicht einmal! Wie soll ich jemanden denunzieren, den ich nicht kenne?

NOÉMIA CARDOSO — Ana wurde denunziert, weil sie sich für die Emanzipation der Frau stark machte! Warum sollen wir denn studieren, wenn wir am Ende weder gleichberechtigt arbeiten dürfen, noch auf unseren Studiengebieten ernst genommen werden! Der Frau von heute, der modernen Frau, wird immer noch kein Platz, weder in der Politik, der Gesellschaft noch in der Wirtschaft zugebilligt. Das muss sich ändern!

MANUEL FERNANDES E CASTRO [*lacht hämisch, dann ernst:* — Wo ein Hahn kräht, hat kein Suppenhuhn zu gackern! Emanzipation, wenn ich das schon...

NOÉMIA CARDOSO [*unterbricht ihn schnöde:* — Ana wurde denunziert, weil sie, wie wir alle wissen, neben Frauenrechtlerin auch Mitglied der Kommunistischen Partei war! - Ana wurde denunziert, weil sie den Streik[6] im Januar öffentlich unterstützte, als die Bergarbeiter um eine Gehaltserhöhung und für bessere Arbeitsbedingungen kämpften! Ana verurteilte lautstark den Tod von Júlio Pinto, einem der Bergmänner, der während der Unterdrückung des Streiks getötet wurde. Es sind eindeutig politische Gründe, die ihre Denunzierung erklären!

[*Unruhig flüstert Rafael Eduardo Barros etwas Jorge Henrique de Sousa zu.*]

MANUEL FERNANDES E CASTRO — Was habe ich mit dem ganzen Tohuwabohu zu tun? Wusste deine Freundin denn nicht, dass es gefährlich ist, einer verbotenen Partei anzugehören? An Streiks oder Demonstrationen gegen die Regierung teilzunehmen? Dass sie deswegen eines Tages von wem auch immer denunziert werden würde!? --- Ich weiß nur eines, dass ich es nicht war! Ich habe niemanden angeschwärzt!

[*Pause.*]

NOÉMIA CARDOSO [*fuchsig:* — Je mehr ich Sie dort selbstgerecht sitzen sehe, desto mehr bin ich davon überzeugt, dass Sie es waren! Ja, Sie! Sie wollen ja nur ungestraft davonkommen! Sie, der Sie so abschätzig vom Wunsch anderer nach Freiheit und Gleichberechtigung sprechen! Sie verurteilen uns ohne Maß und ohne Ziel! Ihr seid die wahren Verbrecher! Ihr Handlanger der PIDE! Wie viel haben Sie für Ana Luísas Leben erhalten? Wie hoch war Ihr Judaslohn?

MANUEL FERNANDES E CASTRO — Ich habe von niemandem etwas erhalten! Ich habe bereits gesagt und ich sage noch einmal, dass ich es nicht war! Ich kenne sie nicht einmal, diese Ana! --- Ich, ein Verbrecher? Was ist das für ein Vorwurf? Was soll das bitte für ein Gericht sein? Welches Recht glaubt ihr zu haben? Ihr handelt hier gegen das Gesetz! Nicht ich! Ihr habt mich entführt!

Ihr seid es, die mich hier gegen meinen Willen festhaltet! Ohne jegliche Rechtmäßigkeit! Ihr habt keinen Haftbefehl gegen mich! Es ist keine Polizeibehörde, die meine Festnahme angeordnet hat! Ihr wollt mit euren eigenen Händen Gerechtigkeit üben, und dabei fällt euch nicht auf, dass ihr sie euch nur schmutzig macht! Mit welcher Häme sprichst du über Gerechtigkeit? Ist dir denn nichts heilig? Recht und Gerechtigkeit obliegen dem Staat! Nicht euch!

GUILHERME VASCONCELOS — Recht und Gerechtigkeit? In diesem Land ist das Recht nicht gerecht! Es schüchtert die Wahrheit ein! Das Recht dient nur den Einen! Denen, die vor dem Gesetz gleicher sind als die anderen. Gleicher als das Volk! Deshalb müssen wir es selbst in die Hand nehmen! --- Damit doch noch der Gerechtigkeit Genüge getan wird! ---

RAFAEL EDUARDO BARROS — Selig, die hungern und dürsten nach der Gerechtigkeit, denn sie werden heute gesättigt!

MANUEL FERNANDES E CASTRO — Bravo, da habe ich ja eine Gruppe von Helden vor mir! --- Wen habt ihr mir denn zu meiner Verteidigung zur Seite gestellt? In diesem Land gibt es vor jedem Gericht einen Verteidiger, der dafür sorgt...

RAFAEL EDUARDO BARROS [*fällt ihm barsch ins Wort*: — Dafür sorgt, dass Sie aufgeknüpft werden!

[*Allgemeines Lachen.*]

MANUEL FERNANDES E CASTRO — Was für eine Doppelmoral ist das?

[*Rafael Eduardo Barros steht auf.*]

RAFAEL EDUARDO BARROS — Schau an, wer über Moral spricht!

[*Erneut allgemeines Lachen. Rafael Eduardo Barros nimmt wieder seinen Platz ein.*]

GUILHERME VASCONCELOS — Genug! --- Wenn Sie einen Verteidiger wollen, so werden wir Ihnen einen zur Verfügung stellen, der Sie verteidigen kann. Ich bitte alle, die Arme zu heben, die den Angeklagten als Anwalt beistehen möchten!

[*Niemand meldet sich. Erst nach einiger Zeit hebt Noémia Cardoso vorsichtig den Arm.*]

MANUEL FERNANDES E CASTRO — Soll das ein Witz sein? Ihr habt euch hier alle gegen mich verschworen. Und jetzt [*spöttisch:* — sagt der Herr Richter, er würde jemanden unter euch Lumpen ernennen, der mich verteidigt!?

NOÉMIA CARDOSO [*hasserfüllt:* — Lumpen? Schließen Sie nicht von sich auf andere! Sie stecken mit dem Regime unter einer Decke! Sie sind das Allerletzte und dann haben Sie noch den Nerv, uns Lumpen zu nennen? Sie machen Ihrem Verein, der PIDE, alle Ehre!

MANUEL FERNANDES E CASTRO — Jetzt schlägt es aber dreizehn! Dann ernennt doch den Helden hier zu meiner Verteidigung, der mich eben noch körperlich angegriffen hat! Das fehlte mir noch! Wenn dies kein schlechter Witz sein soll, was dann? Würde einer von euch mich wahrhaftig verteidigen? In wessen Interesse? Im Interesse des Angeklagten oder der Anklage? Ich fordere eine unvoreingenommene Verteidigung! Keinen von euch gekauften, durch eure Heimtücke und Lügen vergifteten und kompromittierten Rechtsbeistand! Das ist ja perfide! Ich bin kein Scherge! Ich bin kein Häscher, sondern ein ehrlicher und unbescholtener Bürger!

GUILHERME VASCONCELOS — Das reicht jetzt! -- Ich versichere Ihnen, dass die hier anwesende Frau Noémia

Cardoso genauso parteiisch oder unparteiisch ist wie jeder andere Strafverteidiger, der an unseren Gerichten heute dient! -- Wollen Sie einen Verteidiger oder nicht?

MANUEL FERNANDES E CASTRO — Nein, danke! Ich verzichte! Ich gebe mich nicht dem Wolf im Schafspelz hin! Wer unschuldig ist, hat nichts zu befürchten! [*schreit*: — Und ich habe nichts zu befürchten! --- Und das hier ist kein Gerichtsprozess! Das ist purer Unsinn. Unsinn! Ich habe mich nicht gegen eure Anschuldigungen zu rechtfertigen! Das ist doch alles absurd! Lasst mich jetzt in Ruhe! Lasst mich gehen! Und zwar sofort!

GUILHERME VASCONCELOS [*gleichgültig*: — Frau Maria Correia Costa!

[*Maria Correia Costa, die bisher alles, was gesagt wurde, stenografiert hat, steht von ihrem Platz auf.*]

GUILHERME VASCONCELOS — Schreiben Sie, dass der Angeklagte sein legitimes Recht auf Verteidigung seitens eines Anwalts, der ihm von diesem Gericht zugesprochen worden wäre, verweigert hat. Schreiben Sie auch, dass er sich für unschuldig hält!

[*Maria Correia Costa setzt sich wieder und macht sich daran, das Zudiktierte aufzuschreiben.*]

GUILHERME VASCONCELOS — Vielen Dank, Frau Noémia Cardoso! Sie dürfen wieder Platz nehmen!

[*Noémia Cardoso setzt sich wieder.*]

GUILHERME VASCONCELOS — Ich rufe Maria Correia Costa, die Mutter von Pedro Miguel Costa, in den Zeugenstand!

[*Maria Correia Costa steht auf. Sie übergibt ihren Notizblock an Noémia Cardoso. Maria Correia Costa geht auf Guilherme Vasconcelos zu und begegnet dabei dem Angeklagten, den sie durchdringend und fest in die Augen sieht. Dann schaut sie angewidert weg.*]

GUILHERME VASCONCELOS — Schwören Sie, die Wahrheit zu sagen, nur die Wahrheit und nichts als die Wahrheit?

MARIA CORREIA COSTA — Ich schwöre!

GUILHERME VASCONCELOS — Bitte!

MARIA CORREIA COSTA [*holt tief Luft*: — Mein Sohn ist in Angola geboren. Er kam nach Lissabon, um hier zu studieren. Er wusste sehr genau, was in den Kolonien passiert, und sprach sich gegen die Kriege in Angola und in Mosambik aus. Er schrieb ein Manifest und vervielfältigte es. Er verteilte die Flugblätter in der Innenstadt. Ein paar Tage später klopfte es zu Hause an der Tür. Es war gegen vier Uhr morgens. Zwei Zivilisten traten ein. Sie kamen, um ihn abzuholen. Sie brachten Pedro Miguel in die António Maria Cardoso Straße.[7] In das Hauptquartier der PIDE, wo er gefoltert wurde. --- Erst einen ganzen Monat später, ließen sie mich mit ihm sprechen. Nur kurz. Und nur ein einziges Mal. Er sagte mir... [*die Stimme versagt ihr*: — Er sagte mir, dass sie ihn regelmäßig verhörten. Und wenn immer er nicht antwortete, tauchten sie seinen Kopf in einen bis an den Rand mit Wasser gefüllten Betontank...

[*Stille.*]

MARIA CORREIA COSTA — Sie befahlen ihm, sich wie eine Statue hinzustellen. Das ist ein abscheuliches Spiel der PIDE. Ein Zeitvertreib, wie er mir sagte. Eine Form der Folter. Stundenlang musste er stehen, und durfte sich dabei nicht bewegen. Die Arme seitlich ausgestreckt auf Schulterhöhe. Dem Heiland gleich. Immer wenn er sie senkte, schlugen sie ihn zusammen. --- Halbtot haben sie ihn geschlagen! Seine Augen waren angeschwollen von der letzten Tracht Prügel, die sie ihm verabreicht hatten. Und das Gesicht erst... [*sie muss weinen.*

[Erneut flüstert Rafael Eduardo Barros Jorge Henrique de Sousa etwas zu.]

MARIA CORREIA COSTA — Ich habe das Manifest mitgebracht.

GUILHERME VASCONCELOS — Danke! Darf ich Sie bitten, es uns vorzulesen?!

[Maria entfaltet das Manifest.]

MARIA CORREIA COSTA *[voller Stolz liest sie vor:* — Patrioten! Waffenbrüder! Was kündigt uns die Diktatur jetzt an? Die Regierung beschließt in ihrem anmaßenden Vorherrschaftsgebaren, mehr Truppen nach Übersee zu schicken, um unser Land international weiter zu isolieren. Anstatt die Mittel für das Wohl der Nation[8] einzusetzen, beschließt die Diktatur eine kriegerische Intervention, damit wir noch mehr Schuld auf uns laden. Genossen, unsere Feinde sind nicht die Anführer der Unabhängigkeitsbewegungen in Angola und in Mosambik! Unsere Feinde sind nicht die UNITA[9] oder die FRELIMO![10] Unsere Feinde sind in der Heimat. Verschanzen sich in ihren Regierungsgebäuden. Doch genug ist genug! Fort mit diesen Parasiten! Mögen unsere geliebten Vaterlandsfreunde jetzt in dieser Stunde der allerhöchsten Dringlichkeit ihre Pflicht erkennen! Wir müssen uns erheben! Feuer mit Feuer bekämpfen! Jetzt ist die Zeit! Auf in den Kampf! Lasst uns kämpfen, um den Schaden wieder gut zu machen! Gegen Unterdrückung, Imperialismus und den Kapitalismus! Gegen die Unterwerfung, die Vorherrschaft und Ausbeutung der Kolonien! Gegen das Elend! Gegen die akuten Konflikte, die unser Land peinigen! Lasst uns unser Land von der faschistischen Heuschreckenplage befreien! *[erhebt ihr Gesicht voller Patriotismus, den Rest des Textes kennt Maria auswendig:* — Richtet euer Antlitz und eure Herzen auf! Richtet eure Waffen auf die Verräter! Genossen! Nieder mit der Diktatur! Tod den Feinden der Demokratie! Es ist Zeit, die Nadel auszuwechseln! Die Naht und den Schneider! Es ist Zeit, den stählernen Fingerhut, der PIDE, auszuschalten! Es lebe das Vaterland! Es lebe die Republik! Lang lebe die Republik! Die Freiheit! Es lebe die neue, libertäre Kultur! Die Entkolonialisierung! Die Demokratisierung! Die soziale und wirtschaftliche Entwicklung unseres Landes!

[Rafael Eduardo Barros, Jorge Henrique de Sousa und Noémia Cardoso stehen auf und klatschen in die Hände. --- Sie setzen sich wieder. Maria Correia Costa faltet das Blattpapier erneut zusammen und steckt es ein.]

MARIA CORREIA COSTA — Der Fall wurde vor Gericht gebracht. Man identifizierte Pedro als Vertreiber des Manifests. Sie haben jedoch nicht nachweisen können, dass er es geschrieben hat. Deshalb wurde er wieder auf freien Fuß gesetzt. Pedro entschied sich, dass sein Verbleiben in Lissabon nicht sicher sein würde. Also kehrte er nach Angola zurück. Aber sie warteten schon auf ihn. Bei seiner Ankunft wurde er am Hafen abgefangen. Er wurde erneut verhaftet und gefoltert. Schließlich wurde er deportiert. In das Konzentrationslager Chão Bom auf Kap Verde.[11]

GUILHERME VASCONCELOS — Wer hat vor Gericht gegen Pedro ausgesagt?

[Maria Correia sieht den Angeklagten voller Hass an.]

MARIA CORREIA COSTA — Ich erinnere mich nur zu gut an ihn. An seine Fratze! Die hat sich in mein Gedächtnis eingeprägt! Die pechschwarzen Haare. Die vollen Lippen. Die braunen, argwöhnischen Augen. Das hervorstehende Kinn. Er trug einen grünen Rollkragenpullover. Ich vergesse sie nicht. Die stechende Farbe seines Pullovers. --- Er war es! Dieses Monstrum da!

[*Rafael Eduardo Barros, Jorge Henrique de Sousa und Noémia Correia flüstern sich etwas gedämpft zu.*]

MANUEL FERNANDES E CASTRO — Was für ein Blödsinn!
GUILHERME VASCONCELOS — Vielen Dank, Frau Costa! Wenn Sie möchten, können Sie wieder Platz nehmen.

[*Maria Correia geht zu ihrem Platz zurück, aber als sie an Manuel Fernandes vorbeikommt, bleibt sie plötzlich stehen.*]

MARIA CORREIA COSTA — Wissen Sie, was es heißt, Mutter zu sein? Wissen Sie, wie es ist, in die toten Augen des eigenen Sohnes zu sehen? Wissen Sie, wie es ist, die Schreie des eigenen Kindes zu hören, auch wenn es weit weg ist? In Tarrafal? Nun, ich weiß, wie das ist! Ich höre seine Schreie, bei Tag und bei Nacht! Schreie der Bedrängnis! Der Verzweiflung! Wenn er nach Hause zurückkehrt und sich als Geist zu mir auf die Bettkante setzt. Mit großen, aufgequollenen Augen. Ganz weiß. Weiß und voller Angst. Zu aufgedunsen, um noch zu weinen. Ich weiß nicht, wie es ihm geht. Ob es ihm gut geht. Nicht einmal, ob er noch am Leben ist! --- Ich möchte nicht darüber nachdenken! Weil ich weiterhin die Hoffnungen in mir nähre, eines Tages von ihm zu hören! Eines Tages ihn wieder in meinen Armen halten zu können! Meinen Sohn! --- ---.

[*Zieht ein Taschentuch aus der Tasche und wischt sich damit die Tränen ab.*]

MARIA CORREIA COSTA [*spricht die Dissidenten an:* — Er hat mir nur einen einzigen Brief geschrieben, der von der Zensurbehörde geöffnet worden ist. Seitdem durfte er mir nicht wieder schreiben. Er ist in einer Zelle eingesperrt, die er sich mit Kriminellen teilt. Mördern und Vergewaltigern! Unter ihnen, ein unschuldiger junger Mann. Mein Sohn! --- Aber was rede ich da? Die Gefängnisse sind ja überfüllt mit unschuldigen jungen Leuten! Die nichts verbrochen haben![12] Und unter ihnen ist... [*leise und lebensmüde*: — auch mein Sohn.

[*Dreht sich zu Guilherme und dann zurück zum Angeklagten.*]

MARIA CORREIA COSTA — Wenn die mich lassen, kratze ich dir das Gesicht aus, du Schwein! Ich werde dir dein Herz aus der Brust reißen und es in kleine Stücke hacken und es an den erstbesten Straßenköter verfüttern!

[*Unbewegt steht Manuel Fernandes auf. Vor Frauen hat er keine Angst. Denn seinem Weltbild zufolge haben sie ihm nichts zu sagen.*]

MANUEL FERNANDES E CASTRO — Weil ich wie so viele andere brave Bürger dieses Landes schwarze Haare und braune Augen habe, beschuldigt mich diese alte, demente Frau, derjenige zu sein, der...

[*Maria schlägt auf ihn ein. Manuel Fernandes hält sie an den Händen fest.*]

MARIA CORREIA COSTA — Meinen Sohn hat er nicht respektiert! Zu einem Aussätzigen hat er ihn gestempelt. Aber dieser alten, dementen Frau wird er hier und jetzt Respekt zollen! Ja, er war es! -- Schurke! [*befreit sich aus Manuels Griff und wendet sich an die Gruppe*: — Ich schwöre, bei Gott! Er war es!

MANUEL FERNANDES E CASTRO — Ich soll es gewesen sein? Verehrte Dame Sie suchen nur einen Sündenbock! Jemanden, den ihr für eure Torheiten verurteilen könnt! Aber nicht mit mir! Ich bin unschuldig! --- Lügen! Nichts als Lügen! --- Genossen! Klassenkampf und geistesverwandten Schwachsinn. Ihr alle wollt also gleich sein! Aber es gibt immer einen, der gleicher ist als der andere! Immer! Während die Chinesen Fahrrad fahren, fährt Mao Zedong einen Rolls-Royce! Gleichheit! Gleichberechtigung! Freiheit! Bringt mich doch nicht zum Lachen!

[*Er setzt sich. Rafael Eduardo Barros steht auf.*]

RAFAEL EDUARDO BARROS — Der Dummkopf hier sind Sie! Nicht jeder, der die Freiheit verteidigt, muss auch gleich ein Kommunist oder ein Anarchist sein! Ich bin es nicht!

MANUEL FERNANDES E CASTRO [*irritiert*: — Freiheit, Freiheit! Es macht mich krank, euch von Freiheit sprechen zu hören, so als wäre sie eine weiße Kuh! Was weißt denn du, was Freiheit ist? Chaos! Unzucht! Verfall! Das Ende der Gesellschaft und des Staates! Komm mir nicht mit Freiheit! Die Republik war Beispiel genug, dass die Portugiesen nicht wissen, wie man mit der Freiheit umgehen hat! --- „Absolute Autorität kann es geben, aber niemals absolute Freiheit!"[13]

RAFAEL EDUARDO BARROS — Nein! Leute wie Sie sind es, die nicht wissen, wie man mit der Freiheit umgehen hat! Weil sie die Freiheit nur mit Füßen treten. Die Menschen wollen und müssen frei sein! --- Halten Sie bloß die Klappe! Sie bringen sich gerade in die Bredouille! Sie reiten sich da gerade in etwas rein, wo Sie nicht mehr heil rauskommen! Sie sind dabei, sich ihren eigenen Strick zu drehen! --- --- Es lebe die Republik!

JORGE HENRIQUE DE SOUSA — Sie lebe hoch!

MANUEL FERNANDES E CASTRO [*spöttelnd*: — Es lebe die Republik, wenn ich das schon höre! „Wir sind ein kleines Land, mit ernsthaften Problemen und dürfen uns keinen schwachen Fronten anschließen, nur mit dem Ziel zu verkünden, dass wir Demokratie spielen!"[14] --- In eurer demokratischen Republik werden wir „Analphabeten an der Macht sehen, verwöhnte Gören, Betrüger aller Art",

Zuhälter und Gauner. „Die meisten unter ihnen würden sich nicht einmal als Kammerdiener eignen, aber sie werden Bürgermeister, Abgeordnete, Geschäftsführer, Minister und sogar Präsidenten der Republik."[15] Das Volk ist doch gar nicht mündig genug, um zu wählen! Es kann die Ehrlichen nicht von den Fabulanten, Heuchlern und den Schwindlern unterscheiden! --- Lächerlich! Analphabeten im Dienste der Nation!? Ohne jegliche sozialpolitische, wirtschaftliche Kompetenz... Es waren diese grandiosen Gestalten, die sich während eurer heiligen, demokratischen Republik, den Wandst vollgeschlagen haben, und das Land in die Bedeutungslosigkeit stürzten. --- Nichts haben sie gemacht, außer sich selbst zu bereichern! Auf Kosten des Volkes. Staatsschulden, nichts als Schulden haben sie gemacht! Seit dem Ende der Monarchie haben sich vierundvierzig Regierungen in weniger als sechzehn Jahren gegenseitig abgewechselt. Salazar war es, der als selbstloser Diener des Vaterlandes Portugal aus diesem utopischen Freiheits-Alptraum erlöst hat. Es war die Diktatur unter Salazar, die Portugal erneut zu Stabilität, Größe und Ansehen verschafft hat. So sieht es doch aus!

RAFAEL EDUARDO BARROS — Größe? Sie meinen wohl Größenwahn! --- [*stichelnd*: — Selbstloser Diener des Vaterlandes... Dies kann wirklich nur ein Narr, ein Possenreißer wie Sie, glauben!

[*Gelächter unter den Dissidenten.*]

MANUEL FERNANDES E CASTRO — Ich ein Narr? --- Lacht nur solange ihr könnt! Ihr werdet schon noch sehen, dass eine neue Republik, wenn sie denn ausgerufen werden sollte, --- Gott bewahre! --- Portugal von der Wohlfahrt und der Nächstenliebe anderer Staaten abhängig machen würde.[16]

RAFAEL EDUARDO BARROS — Es scheint ja geradezu so, als ob wir derzeit im Überfluss lebten. Wie Gott in Frankreich!

[*Erneutes Lachen.*]

MANUEL FERNANDES E CASTRO — Tust du etwa nicht? Ihr seid verwöhnte Gören! Allesamt! Ihr habt es der Diktatur zu verdanken, dass ihr keinen Hunger kennt!

RAFAEL EDUARDO BARROS — Dummes Geschwätz! Ihr, die Schergen der PIDE, seid es, die auf großem Fuß lebt. Was wissen Sie schon über Hunger? Was wissen Sie schon über die Bedingungen, unter denen die Menschen hierzulande leben und leiden! Was scheren Sie sich schon um deren Not? Sie weiden sich an ihr. Wie viele Silberlinge verdienen Sie mit jedem Bericht, den Sie einreichen?

MANUEL FERNANDES E CASTRO — Ich habe nie jemanden denunziert, aber euch werde ich alle und ohne Bezahlung der Justiz ausliefern --- ohne dafür auch nur einen einzigen Centavo[17] erhalten zu müssen!

[*Die Dissidenten werden unruhig. Guilherme Vasconcelos ruft zur Ruhe auf.*]

GUILHERME VASCONCELOS — Genug! Das reicht!

[*Rafael Eduardo Barros setzt sich wieder.*]

GUILHERME VASCONCELOS [*spricht den Angeklagten an:* — Sie leugnen also immer noch, ein inoffizieller Mitarbeiter der PIDE zu sein? Obwohl wir hier glaubwürdige Zeugen haben, die das auf Eid beschwören?

MANUEL FERNANDES E CASTRO — Glaubwürdig? Dass ich nicht lache! Ja, ich bestreite es! Weil ich es nicht war! Und wer etwas anderes behauptet, muss Beweise vorlegen! --- Ein grüner Rollkragenpullover!? Habe ich ihn zufällig an?

MARIA CORREIA COSTA [*schreit wütend und bedrohlich auf*: — Mach dich nicht lächerlich!

MANUEL FERNANDES E CASTRO — Vielleicht habe ich ihn ja zu Hause im Kleiderschrank hängen? Lasst uns doch alle zu mir nach Hause gehen! Gerne! Ich lade euch alle ein! Aber ich erspare euch den Weg und die Arbeit! Ich habe noch nie einen grünen Pullover besessen! --- Ich hasse grün!

MARIA CORREIA COSTA [*erhaben*: — Spare dir deinen Sarkasmus!

MANUEL FERNANDES E CASTRO — Zum hundertsten Mal: Ich hatte noch nie ein grünes Kleidungsstück! Geschweige denn einen Rollkragenpullover! Ich war noch nie vor Gericht! Nicht als Angeklagter! Nicht als Zeuge und schon gar nicht als Spitzel! Ich habe genug von diesem Unsinn! Es reicht mir an dummen Anschuldigungen! Beweist, dass ich es war! Wo sind eure Beweise? Ihr wollt mich auf Basis falscher Zeugenaussagen verurteilen! Die eine sagt, dass sie nicht beschwören kann, dass ich es war! Dass ich Ähnlichkeiten mit so einem Kerl habe. Die andere sagt, dass der Mann schwarze Haare und braune Augen hatte, so wie zufällig ich! So wie viele andere Bürger unseres Landes auch! --- Das ist doch zum Verrücktwerden! Beweist es! --- Aber das könnt ihr nicht! Weil man nur die Wahrheit beweisen kann! Und die Wahrheit habe ich euch schon mehr als einmal gesagt! -- Es ist doch merkwürdig, wie leicht es ist, den Lügen Glauben zu schenken, ihnen zu verfallen und sie der Wahrheit vorzuziehen.

GUILHERME VASCONCELOS — Die Wahrheit herauszufinden, nichts als die Wahrheit ist unser Ziel! Sie wollen unschuldig sein, obwohl Frau Maria Correia Costa gegen Sie ausgesagt hat! Dessen Wort glaubwürdiger ist als Ihres!

MANUEL FERNANDES E CASTRO — Geht das denn wieder von vorne los! Nimmt das denn nie ein Ende? Sie lügt! Es ist ihr Wort gegen meins! Ich bin noch nie in einem Gerichtssaal gewesen, ich habe noch nie einen grünen Rollkragenpullover getragen! Ich habe noch nie jemanden gemeldet oder angeschwärzt! Aber ihr könnt euch sicher sein, dass ich euch alle melden werde! Für diesen schlechten Scherz, den ihr euch hier mit mir erlaubt!

[*Rafael Eduardo Barros lacht böse.*]

MANUEL FERNANDES E CASTRO — Ich werde für keinen von euch die Kastanien aus dem Feuer holen! Wenn ihr euch am Rande der Legalität bewegt und euer Vaterland sabotiert, ist es definitiv die Pflicht eines jeden Patrioten, euch zu melden! Es ist also auch meine Pflicht, euch bei den Behörden zu melden, damit ihr für meine Entführung und Malträtierung zur Rechenschaft gezogen werden könnt! Dafür, dass ihr mich verurteilen wollt! Ohne irgendeine rechtliche Handhabe gegen mich zu haben! Ich werde auf eklatante Weise eines Verbrechens beschuldigt, das kein Verbrechen ist! Die Außenseiter anzuprangern ist ein Pflichtgebot! Es will nicht in meinen Schädel, wie ihr, die ihr doch mehrheitlich Studenten seid, das nicht versteht. Dass es in dieser Gesellschaft immer noch Werte und Regeln gibt, die wir respektieren müssen, weil wir sonst im Morast untergehen würden! Ich verstehe euer Aufbegehren nicht? Ist es nicht dieser Staat, der euch die Voraussetzungen und Möglichkeiten für ein Studium an der Universität gegeben hat? Was wollt ihr denn noch? Wie könnt ihr es wagen, eine Regierung zu kritisieren, die euch alles und mehr gibt?

[*Rafael Eduardo Barros erhebt sich. Aber es ist Maria Correia Costa, die spricht.*]

MARIA CORREIA COSTA — Du Abschaum der Menschheit! Du solltest dich was schämen! Was hat uns dieses Regime gegeben? Hat es uns die Freiheit gegeben, nach der wir streben? Das höchste Gut, das uns von Gott und von Natur aus gegeben ist und welches wir um jeden Preis verteidigen müssen!

NOÉMIA CARDOSO — Ist es wirklich Ihre Pflicht, andere Mitbürger ohne irgendwelche Schuldgefühle, ans Messer zu liefern, nur weil sie andere Meinungen vertreten? Zu wissen, dass eine einfache Verdächtigung ausreicht, um sie zu verhaften, zu foltern, vielleicht sogar zu töten?

[*Rafael Eduardo Barros krempelt sich die Ärmel hoch und tritt vor.*]

GUILHERME VASCONCELOS — Beruhige dich! Ruhe! Wir sind hier noch nicht fertig! Wir haben das Ende noch nicht erreicht! Nicht einmal das Urteil. [*spricht den Angeklagten an:* — Ja, vielleicht haben Sie recht! Homo homini lupus! Der Mensch ist dem Menschen ein Wolf! Es bleibt jedoch abzuwägen, ob die geltenden Gesetze wirklich gerecht sind!

MANUEL FERNANDES E CASTRO — Gerecht? Wer bist denn du, der es wagt zu entscheiden, was gerecht ist und was nicht? Ist dieses Tribunal etwa gerecht? Es ist eine Farce!

RAFAEL EDUARDO BARROS — Aber die faschistische Regierung weiß, was gerecht ist und was nicht?

GUILHERME VASCONCELOS — Genug geredet! Wir haben einen weiteren Fall zu behandeln. Ein weiterer Augenzeuge will gehört werden! Möchte sich Gehör verschaffen! Auch wenn Sie ihn nicht hören wollen! Weil Sie auf beiden Ohren taub sind! Ich bitte Jorge Henrique de Sousa, hierher zu kommen! Auszusagen! Zeugnis abzulegen!

[*Rafael Eduardo Barros setzt sich widerwillig. Jorge Henrique de Sousa steht auf. Er gesellt sich zu Guilherme.*]

GUILHERME VASCONCELOS — Schwören Sie, die Wahrheit zu sagen, nur die Wahrheit und nichts als die Wahrheit?

JORGE HENRIQUE DE SOUSA — Ich schwöre! So wahr mir Gott helfe!

[*Stille.*]

JORGE HENRIQUE DE SOUSA — Bevor ich anfange, möchte ich, dass ihr wisst, dass ich etwas befangen bin, hier vor euch zu sprechen! Was ich zu sagen habe, ist nicht einfach. Ihr selbst könntet mich ächten. --- Cláudio Pestana wurde verhaftet und der passiven Homosexualität beschuldigt. Er wurde gefoltert. Er lernte die Festung von Peniche[18] von innen kennen. Sie haben ihn mit einem Besenstiel [*unterbricht sich vor Verlegenheit. Nach einer kurzen Pause fährt er fort*: — und mit Stromschlägen an den Genitalien gefoltert... Er wurde zu zehn Jahren Gefängnis verurteilt, weil er mich in aller Öffentlichkeit auf den Mund geküsst hatte. Es war an einer Ecke in der Nähe von den Armazéns do Chiado.[19] Wir dachten, dass uns niemand sehen würde. Aber einer hat uns gesehen. Ausspioniert hat er uns! Einige Tage später haben sie Cláudio verhaftet und brachten ihn ins Fort. Unter Folter ließen sie ihn ein Schuldbekenntnis unterschreiben, welches von einem Richter bestätigt wurde, der ihn zu einer Gefängnisstrafe verurteilte. Man steckte ihn in ein Loch in Caxias.[20] Als ich hörte, dass sie ihn verhaftet hatten, kaufte ich mir sofort eine Fahrkarte nach Spanien und fuhr fort. Ich kam in Madrid an, von wo aus ich nach Bilbao weiterfuhr. Weil ich Angst hatte, dass mir jemand gefolgt sein könnte. Ich tauchte bei Freunden unter. Die mich freundlichst unterstützt haben. Bei all dem Durcheinander musste ich natürlich mein Jurastudium an der Fakultät abbrechen. Ich arbeite derzeit auf einer Baustelle. Ich arbeite als Maurerlehrling in den Vororten der Stadt. --- Als Ausländer werden mir die widrigen Arbeiten zugeteilt. Schlecht bezahlt, natürlich! Aber ich möchte mich nicht beschweren... Ich schaffe es, ehrlich über die Runden zu kommen. --- Ich bin zurückgekehrt, weil Guilherme mir über vertrauenswürdige Vermittler einen Brief zugeschickt hat, in dem ich gebeten wurde, vor diesem Gericht zu erscheinen. Um zu bezeugen und um die Person zu identifizieren, die die Beschwerde gegen Cláudio und mich eingereicht hat. --- Meine Absicht ist es, hier meine Erklärung abzugeben und gleich morgen früh mit dem ersten Zug zurück nach Spanien zu fahren. Ich kann hier nicht bleiben... Hier ist es nicht sicher. --- Ja! Er war es! Im Gegensatz zu Frau Cardoso bin ich überzeugt! Mein Wort muss euch als Beweis reichen!

[*Stille.*]

MANUEL FERNANDES E CASTRO [*ohne jeglichen Respekt*: — Schwuchtel! Schwule Sau!

[*Manuel Fernandes dreht sich plötzlich zu den Dissidenten um und steht auf.*]

MANUEL FERNANDES E CASTRO — Das ist also die Moral, die ihr verteidigt? Dass ein Mann und ein Mann miteinander... aneinander... --- Widerlich! Ekelig!

[*Er spuckt in die Richtung von Jorge Henrique de Sousa.*]

MANUEL FERNANDES E CASTRO — Sagt mir, dass ihr euch nicht schämt! [*zeigt auf Jorge Henrique de Sousa*: — Das ist es, was ihr verteidigt! Sagt mir, ob in diesem Fall die Folter nicht richtig angewandt worden ist? --- Das ist doch krank! Dass Mann und Mann... Eine Krankheit ist es! --- Also meine Damen, meine Herren, antwortet mir doch! Ihr und eure schöne Moral!

GUILHERME VASCONCELOS — Sie wollen uns mit Moral kommen? Sie, der Sie keine Moral haben?! Kein Rechtsstaat sollte Folter legitimieren, geschweige denn anwenden! Jeder muss das Recht haben, seine politische oder seine persönliche Meinung frei äußern zu dürfen. Jeder muss das Recht haben, seine religiösen Über-zeugungen wie auch seine sexuelle Neigung ausleben zu dürfen. Es ist wahr, dass Jorge homoerotische Vorlieben hat. Die wir tolerieren! Wir wollen, dass andere auch unsere unterschiedliche Art zu denken, zu handeln, zu leben und ja, auch zu lieben, tolerieren! Unsere Divergenzen und Meinungsverschiedenheiten! Gemäß Voltaire, dem Idol unserer Generation! --- Aber es ist mehr als offensichtlich, dass ein PIDE dies nicht versteht! Dass Sie nicht verstehen können, dass Jorges Sexualleben weder mich, noch Sie etwas angeht! --- Ein PIDE wie Sie...

MANUEL FERNANDES E CASTRO — PIDE, PIDE! Welche PIDE denn? Mein Gott! Ich sage es noch einmal: Ich habe nie für den Staatschutz gearbeitet! --- Und nur mal nebenbei, die PIDE existiert nicht einmal mehr!

GUILHERME VASCONCELOS — Sie müssen uns nicht für dumm verkaufen! Dafür haben wir unsere verlogene Presse, die die Wahrheit zum Schweigen bringt! Die sehr geehrten Herrn Journalisten: alle unter ihnen sind den Tentakeln der Macht hinreichend verpflichtet; vereint, um die Wahrheit zu verzerren! Die wenigen, ehrlichen Journalisten sind der Zensur ausgesetzt oder haben ein Berufsverbot ausgesprochen bekommen. Der Presse zufolge gibt es in unserem Land keine Arbeitslosigkeit. Es gibt auch keine Streiks. Niemand begeht Selbstmord. Weil man uns die politische und soziale Bedrängnis, die einen Menschen in den Freitod führt, absichtlich vorenthält. Es gibt keine Demonstrationen, selbst wenn wir sie organisieren. Es werden keine Verbrechen begangen. Es passieren keine Unfälle. Es gibt keine Korruption. Weil man sie uns bewusst verschweigt. Es gibt keine Lebensmittelvergiftungen. Es gibt keine Masern. Keine bösartigen Seuchen. Es gibt keine Drogensüchtigen, die an der Nadel hängen. Keine häusliche Gewalt. Selbst den Antichristen Nietzsche gibt es nicht! Wenn wir die Artikel zu lesen bekommen, hat sie die Zensur bereits zerstückelt. Hier und da die Wahrheit herausgeschnitten. Glauben Sie ernsthaft daran, dass, wenn man über die grassierenden Probleme des Landes nicht schreiben oder öffentlich sprechen darf, es diese Probleme dann auch nicht mehr gibt? Aus den Augen aus dem Sinn? --- Die PIDE hat ihren Namen geändert. Das wissen wir nur zu gut. Billige Propaganda! Der Staatschutz wurde aber nicht abgeschafft. Das Generaldirektorat für Staatssicherheit oder kurz DGS[21] hat die gleichen Befugnisse, wie einst die PIDE hatte. Sie hören uns ab, foltern, entführen, verhaften uns, ohne jemals Anklage zu erheben oder uns vor ein Gericht zu bringen. Die Funktion der DGS ist immer noch dieselbe: das Volk zu unterdrücken! Wie zuvor schon die PIDE --- die das Foltern von den Besten erlernt hat: der nationalsozialistischen GESTAPO!

MANUEL FERNANDES E CASTRO — Unfug! Alles nur Quatsch! Lügen! Eure Wahrheit verkommt zur Billigware für die freie Presse! Nachrichten werden verkauft! Die Wahrheit geht am Ende auf den Strich. Und dieser Strich zwischen Wahr und Unwahr wird immer dünner, bis man ihn kaum mehr erkennen kann! -- Und vielen Dank auch für die belehrenden Worte, Herr Professor! Du zitierst Voltaire aus dem Gedächtnis. Und dass jeder ein Recht auf freie Meinung hat. Aber meine Meinung verdammt ihr! Ja, ich bin ein überzeugter Salazarist![22] Und was nun? Darf ich oder darf ich nicht diese Meinung in deiner Republik vertreten? Wer von euch will es mir verbieten? Ihr denkt, ihr seid besser als dieses Regime! Ihr und eure demokratische Republik seid keinen Deut gerechter als das bestehende System! Im Gegenteil!

[Noémia Cardoso steht auf.]

NOÉMIA CARDOSO — Es ist kurios, ja geradezu demagogisch, dass gerade Sie das sagen! Der Faschismus erlaubt uns keine Meinungsfreiheit. Keine Selbstbestimmung. Aber Sie nehmen sich hier die Frechheit heraus, der Demokratie zu unterstellen, ja zu beanstanden, dass man Ihnen nicht gestatten würde, sich öffentlich für Ihre arglistige, rechtspopulistische Ideologie einzusetzen. Wie ein Kleinkind heulen Sie los und zeigen mit dem Finger auf angezogene Leute. --- Aber um Ihre Frage klar zu beantworten: in einer Demokratie herrschen Meinungsfreiheit und die mit ihr verbundene Meinungsvielfalt. Das heißt, dass Sie Ihre frevlerische, perverse Meinung kundtun dürfen, auch wenn ich diese nicht ertrage! Aber Sie werden mit Gegenwind, Gegenargumenten und Richtigstellungen rechnen müssen, denn Meinungsfreiheit heißt auch, dass man Lügen als solche entlarven muss. Anders als im Faschismus, verbeugt sich das Volk nicht mehr vor der Meinung der an der Macht klebenden Exzellenzen, sondern begegnet ihnen mit dem eigenen Standpunkt auf Augenhöhe! Deswegen wird es in unserer Demokratie auch keine PIDE mehr geben, weil man freiheraus sagen darf, was man denkt!

MANUEL FERNANDES E CASTRO — Wenn du dich da mal nicht irrst, du freche Göre! Es wird immer einen Staatschutz geben! Denn auch die Demokratie hat versucht, sich hinter Paragraphen zu verbarrikadieren, die es ihr ermöglichten, ja garantierten, niemals abgeschafft zu werden! Vergiss nicht, dass die Zensur, die die Meinungsfreiheit bis heute einschränkt, in eurer Republik eingeführt worden ist! Man durfte eben nicht alles sagen, vor allem nicht während des Ersten Weltkrieges. Niemandem war es erlaubt, Portugals Involvierung gegen das Deutsche Kaiserreich zu kritisieren. Die Beschlagnahmung deutscher Handelsschiffe, die an portugiesischen Häfen anlegten, die von Seiten eurer Regierung angeordnet worden war, war ja schließlich dafür verantwortlich, dass die Deutschen uns den Krieg erklärten!

NOÉMIA CARDOSO — Warum sagen Sie nicht die Wahrheit? Die Regierung wurde von den Briten unter Druck gesetzt, deutsche Schiffe zu beschlagnamen! --- Aber erlauben Sie mir eine Gegenfrage: dürfen wir heute gegen die Kolonialkriege protestieren?

MANUEL FERNANDES E CASTRO — Nein, natürlich nicht! Ich bin ja auch für die Zensur! Es wird immer eine Zensur geben. Auch in der Demokratie. Weil sie notwendig ist. Zum Schutze des Staates! Zum Wohl der Nation! Warum versteht ihr das nicht?

NOÉMIA CARDOSO — Ihr Faschisten seid doch alle gleich! Ihr habt euch das Volk zum Feind erklärt! Wir aber wollen mit der demokratischen Bewegung das Volk vertreten! Wir sind das Volk! Ihr beutet die Menschen doch nur aus! Eure Gesetze werden auf dem Rücken des Volkes beschlossen! Und ihr verbietet uns den Mund, weil ihr nicht wollt, dass wir euren Dreck aufwühlen und den Menschen zeigen, wie korrupt ihr wirklich seid!

[Noémia Cardoso setzt sich wieder.]

MANUEL FERNANDES E CASTRO — Vertreten!? Ich vertrete und verteidige die Diktatur! Einen starken Staat, der mit eiserner Hand regiert! Lass mich ausreden! Jetzt rede ich, mein Freund! Ihr habt lesen und schreiben gelernt und seid doch in Wirklichkeit Analphabeten geblieben! Ihr alle fordert Redefreiheit, obwohl ihr nicht einmal wisst, wie man sie benutzt! Du wirfst uns Korruption vor? Lächerlich! Was ist denn mit der Demokratie? Das Volk wählt eine Gruppe von korrupten Politikern, um eine korrupte Regierung zu bilden. Ich erinnere mich nur zu gut an die erste Republik! Versprechungen und noch mehr leere Versprechungen haben sie gemacht! Um die Stimmen einzufangen. Wie die Rattenfänger. Nachdem sie erst einmal an der Macht waren, hielten sie keines ihrer Versprechen! Da setzte plötzlich bei allen der Gedächtnisschwund ein! Amnesie. --- Und jetzt frage ich mich, ob der Staatsschutz, von dem ihr gerade so abfällig gesprochen habt, dazu dient, wie ihr sagt, Menschen zu unterdrücken, oder ob er nicht dazu dient, die Rechte ehrlicher Bürger zu schützen! Wenn die PIDE jetzt hier wäre, würde man mich vor euch in Schutz nehmen. Ihr seid Terroristen, nichts anderes! Ihr wagt es, geheime Gerichtsverfahren zu kritisieren. Und was macht ihr hier mit mir? Ist dieser Schauprozess etwa öffentlich?

GUILHERME VASCONCELOS — Die Rechte ehrlicher Bürger? Bringen Sie mich bitte nicht zum Lachen! Ja, sicher! Die Interessen des Staates und Co.! Sie und ihresgleichen haben viel über den marcelinistischen Frühling[23] gesprochen, ihn hochgefeiert, seitdem euer Heiliger Salazar gestorben ist. Doch der Frühling, den sein Nachfolger im Amt, Marcello Caetano, uns versprochen hat, bleibt der trostlose, regnerische Herbst!

Aber die Tage der Freiheit sind zum Greifen nahe! Im Namen der Gerechtigkeit fordern wir die Bestrafung der Kriminellen, der Mörder, die im Staatsauftrag handeln! Dieser Prozess hier und heute ist nur der Auftakt unseres Freiheitsbegehrens, des Freiheitskampfes eines ganzen Volkes! Dem Kampf des mutigen Hirtenknaben gegen den furchteinflößenden Riesen. David gegen Goliath. Das Urteil, das wir heute gegen Sie fällen werden, sprechen wir im Namen eben dieses Volkes. Dies ist kein kleiner, gegenstandsloser Prozess gegen ein unbedeutendes Individuum, wie Sie es sind. Es ist der erste Schritt. In die richtige Richtung. Gen Demokratie. Gen Gerechtigkeit. Gen Freiheit. Dieser Prozess ist der Aufbruch in eine neue Zeit! Gegen die Unterdrückung und Unterjochung! Gegen die falschen Nachrichten, die nationalistische Propaganda, mit denen uns die Regierung des Estado Novo[24] jeden Tag aufs Neue überschwemmt und mit der sie uns für Dummköpfe zu erklären sucht. Dummköpfe, die ihren Lügen verfallen sollen. Aber dem ist nicht so! Wir haben sie schon längst durchschaut. Dies heute und hier ist ein Prozess gegen das System selbst, gegen die Attentäter der PIDE! Es ist Zeit! Höchste Zeit! Es ist unsere Zeit, die nun angebrochen ist! Der Wind hat sich gedreht. Er weht uns frisch ins Gesicht. Und erweckt in uns neuen Lebensmut! Wir sind es, die nun die Zügel der Zukunft unseres Landes übernehmen und in unseren Händen halten! Natürlich wird es uns was kosten! Courage! Vielleicht sogar unser Leben. Denn die Ausbeuter, Halsabschneider, Meuchelmörder werden sich zur Wehr setzen. Doch es wird ihnen am Ende nichts nützen! Wenn sich das Volk von den Knien erhebt, sich seiner Knechtschaft, seiner Ketten und Fesseln entledigt, bleibt kein Stein mehr auf einem Stein! Kein Kopf, auf dem Hals der Tyrannen!

MANUEL FERNANDES E CASTRO [*schlägt auf den Tisch*: — Ihr seid doch allesamt wahnsinnig! Ich höre immer nur Freiheit. Freiheit! Weißt du eigentlich, was du da sagst? Welchen Patriotismus legst du hier eigentlich zu Tage? --- Was predigst du da von einem Prozess! Einem Prozess! -- Ihr wollt mich verurteilen? Wer bist denn du, Rotzlöffel, um mich zu verurteilen? Macht das gefälligst vor einem Richter, vor einem Staatsanwalt! Der mich zuerst anzuklagen hat! --- Einem, der dafür die Kompetenzen und die Autorität hat. Nichts anderes wäre gerecht! Nichts anderes dient der Gerechtigkeit! Da kannst du noch so sehr versuchen, eure Selbstjustiz zu rechtfertigen!

GUILHERME VASCONCELOS — Sie wollen vor einem Richter gestellt werden? Sie befinden sich hier im ehrwürdigen Gerichtssaal des Tribunal da Boa Hora! Ein schönes Gebäude! Mit schönen Zierfliesen an den Wänden. Dieses Gebäude beansprucht für sich, für Moral und Gerechtigkeit zu stehen. Aber nur ein Narr glaubt daran, dass jemals Gerechtigkeit in diesem Gerichtssaal geschieht. Die wahren Schuldigen werden nie vor Gericht gestellt. Der kleine Mann ja. Der wird vor Gericht gebracht, wenn er ein Huhn und ein paar Groschen zum Überleben stiehlt. Den wahren Jakob, der mehrere hunderttausende von Escudos[25] am Finanzamt vorbei in die eigene Tasche gewirtschaftet hat, findet man nicht auf der Anklagebank dieses Gerichts. Man findet ihn in seinen Luxusimmobilien gut untergebracht, zwischen all dem Reichtum, den er sich auf unehrliche Weise unter den Nagel gerissen hat. Und wissen Sie, warum das so ist? Weil es einfach ist, einen armen, unschuldigen Schlucker zu verurteilen. Ihm die Schuld anderer aufzubürden. Den wahren Schuldigen, den Reichen, kann man nicht ins Gefängnis bringen. Auch wenn er noch so korrupt ist!

Auch wenn er sich noch so strafbar gemacht hat! Und das, obwohl sein Reichtum von Ausbeutung und Ausplünderung der Arbeiterklasse und der Staatskasse herrührt. Weil jeder von der Entlastung der Reichen profitiert! Die Anwälte. Der korrupte Richter. Sogar die Regierung! Nein, in Portugal bestand nie die Gefahr, einen Schuldigen zu verurteilen und ihn für seine Schuld sühnen zu lassen.

MANUEL FERNANDES E CASTRO — Ach, und du glaubst, dass das in einer Demokratie anders wäre? --- Bist du wirklich so verblendet? So naiv?

GUILHERME VASCONCELOS — Wir sollen hier die Naiven sein? Schauen Sie sich einmal die Bundesrepublik Deutschland an, die seit dem Untergang der Diktatur, seit 1945, um genau zu sein, Anstrengungen unternimmt, um einen demokratischen Staat mit Gewaltenteilung im Land aufzubauen. Weder die Regierung noch der Gesetzgeber beeinflussen den juristischen Apparat. Und die deutsche Wirtschaft floriert seit Mitte der Neunzehnhundertfünfzigerjahre. Das sogenannte Wirtschaftswunder war gar kein Wunder: Es ist das Ergebnis der Freiheit und des Endes eines totalitären Systems!

MANUEL FERNANDES E CASTRO [*macht eine wegwerfende Geste*: — Wirtschaftswunder... Geschichten! Ihr glaubt ja noch an Märchen! --- Und hältst du Bengel unsere Diktatur für total? Unsere Diktatur ist autoritär, ja! Aber sie war nie total! Mein Salazar war kein Hitler! Im Gegenteil! Salazar hat uns in seiner großen Weisheit aus dem Weltkrieg herausgehalten - oder etwa nicht?

[*Mit dem Arm fegt Manuel Fernandes e Castro die Fotos vom Tisch. Rafael Eduardo Barros steht auf.*]

RAFAEL EDUARDO BARROS — Papperlapapp! Verschonen Sie uns mit Ihrer Auslegung der Geschichte! Verräter!

Todesvogel!²⁶ Unsere Diktatur schuf ein Monster: die PIDE, die von Hitlers GESTAPO meisterhaft in Menschenverachtung ausgebildet worden ist! --- Was für einen schönen Dienst Sie uns doch erweisen! Unschuldige zu melden? Anzuschwärzen. Sie zu denunzieren. Was für ein Verbrechen haben wir begangen? Sagen Sie schon? Dass wir die Kolonialkriege satt haben? Dass wir nicht nach Übersee gehen wollen – wie mein Vater – um nicht mehr zurück zu kommen! Weil er dort in einem sinnlosen Krieg erschossen worden ist! Dass wir in Frieden und ohne internationale Embargos leben wollen? Dass wir stolz darauf sein wollen, wieder Portugiesen zu sein? Jetzt, wo ich endlich studieren kann, und nur weil meine Mutter sich finanziell aufopfert, an allem und an sich spart, muss ich nun befürchten, dass ich jederzeit mobilisiert werde, um in einem andauernden und bedeutungslosen Krieg zu dienen. Wenn Sie dieses Ungerechtigkeitsregime verteidigen, verteidigen Sie den Krieg! Warum ziehen Sie nicht in den Krieg? Gehen Sie doch! Warum sterben Sie nicht an meiner Stelle! Wir brauchen Sie hier nicht!

MANUEL FERNANDES E CASTRO — Ich...

[*Maria Correia Costa steht auf.*]

MARIA CORREIA COSTA — Du! Halt dein Schandmaul, du Mörder! Oder wir bringen dich hier und jetzt zum Schweigen! Und zwar für immer!

GUILHERME VASCONCELOS — Bitte! Lasst bitte davon ab! Audiatur et altera pars! Wir haben ihm das Recht auf Verteidigung zugesichert! Er hat das Recht auf Anhörung!

RAFAEL EDUARDO BARROS — Der braucht keine Rechte mehr! Jetzt ist Schluss mit den Privilegien!

MANUEL FERNANDES E CASTRO — In dubio pro reo! Im Zweifel für den Angeklagten!

RAFAEL EDUARDO BARROS — Zweifel? Welche Zweifel denn? Es gibt keine Zweifel! Wir wissen genug! Wir kennen bereits die Wahrheit! Sie gaben uns deutlich und unmissverständlich zu verstehen, dass Sie ein Faschist sind. Und die Faschisten müssen bekämpft werden, indem wir Feuer gegen Feuer und Schwert gegen Schwert einsetzen! Jeder überzeugte Faschist ist moralisch gesehen ein Mörder! Und um die Schuld eines Mörders zu tilgen, müssen wir selbst zu Mördern werden. Gemäß dem Jahrtausende alten Talionsprinzip: Auge um Auge! -

JORGE HENRIQUE DE SOUSA und **MARIA CORREIA COSTA** [*im Chor.* — Mörder! Mörder!

[*Noémia Cardoso steht auf. Bittet um Ruhe.*]

NOÉMIA CARDOSO — Sie haben heute so viel über das Vaterland gesprochen. Aber was wissen Sie schon darüber? Erklären Sie mir doch, Sie Besserwisser, welche ökonomischen Innovationen uns die Diktatur gebracht hat? Welche wirtschaftlichen Investitionen sind geflossen? In unsere Hauptstadt? In unsere Wirtschaft und Kultur im Allgemeinen? Wir leben im Elend! In der Misere. Und wer dem Hunger entfliehen will, muss auswandern! Das ist unser Menschenkapital! Unsere Auswanderer da draußen! Deren Remissionen. Von denen wir finanziell abhängig sind. Wir sind dazu verdammt, am Hungerstuch zu nagen, damit einige, die den Wanst nicht voll genug bekommen, hierzulande wie die Sonnenkönige leben können! Meine tiefsten Bedürfnisse schreien nach Freiheit! Nach Gleichheit und Gerechtigkeit! Denn ich lebe nicht vom Brot allein! Sie sprechen vorlaut und despotisch von der faschistischen Regierung! Wenn die Regierung erhaben wäre, würde sie die Armut in diesem Land bekämpfen, anstatt das eigene Volk noch weiter auszubeuten und zu knechten! Aber was macht die Diktatur? Man ließ zwei Studenten verhaften und verurteilte sie zu sieben Jahren Zuchthaus, weil sie es gewagt hatten, in einem Café auf die Freiheit anzustoßen![27] Finden Sie das gerecht? Es ist kein Verbrechen, Freiheit einzufordern! Aber es ist ein Verbrechen, den Menschen die Freiheit zu verweigern! Ich verlange nicht viel! Ich fordere, dass wir alle nach dem Gesetz gleich sind und gleich behandelt werden! Ohne Unterschied! Möge jeder das Recht auf Meinungsfreiheit haben und seinem Gewissen frei folgen!

[*Die Dissidenten klatschen Beifall.*]

MANUEL FERNANDES E CASTRO — Du sprichst über Hunger? Und hat deine geliebte Republik jemanden gesättigt? Hat die Freiheit jemanden gesättigt? Außer euren Gouverneuren, deren Sekretärinnen, Staatsberatern, Abgeordneten, Bürgermeistern! Salazar starb mittellos! Ohne einen einzigen Centavo in der Tasche!

NOÉMIA CARDOSO — Wer behauptet das? Die Propaganda des Regimes! Hatten Sie Zugang zu seinem Bankkonto? --- Salazar konnte die Staatskasse nach Gutdünken und für seine eigenen, privaten Zwecke benutzen. -- Der Einzige, der hier an Ammenmärchen glaubt, sind Sie!

MARIA CORREIA COSTA — In deinen Reihen sehen weder die Blinden, noch die Sehenden. Auch die Tauben hören nicht, genauso wenig wie die Hörenden unter deinesgleichen das Hören vermögen. Weil ihr allesamt gottverlassen seid! Blind wacht ihr über eure Sippschaft und klammert euch an eure Herrschaft. Stumm gehorcht ihr euren Herren, anstatt die Nöte eures Volkes zu vernehmen. Ihr gewinnt einen Tag und verspielt dabei die Ewigkeit. Das Paradies. Dies ist eure Stunde, da das Böse herrscht. Doch bald wird das Korn von der Spreu getrennt werden! Die gute Saat wird sprießen und das Unkraut vernichtet! Ihr seid das Gift der Schlange, das unsere Münder zum Schäumen bringt. Ihr seid die Starre, die von uns Besitz ergriffen hat. --- Aber jetzt ist Schluss! Es reicht! Lasst uns endlich den Teufel verjagen. Ihn austreiben!

JORGE HENRIQUE DE SOUSA — Ja! Genug jetzt! Lasst uns das hier zu Ende bringen! Setzen wir diesem Trauerspiel ein Ende! Also, --- wie lautet das Urteil?

[*Rafael Eduardo Barros antwortet mit einer theatralischen Geste: er fährt sich, von links nach rechts, mit dem Daumen über den Hals und impliziert damit die Todesstrafe.*]

RAFAEL EDUARDO BARROS — So sollst du geben Leben für Leben, Auge für Auge, Zahn für Zahn, Hand für Hand, Fuß für Fuß, Brandmal für Brandmal, Wunde für Wunde, Strieme für Strieme!

[*Manuel Fernandes sieht Guilherme verzweifelt an. Mit einem flehenden Blick.*]

MANUEL FERNANDES E CASTRO — Kinder macht doch keine Dummheiten! Ihr wisst ja nicht, was ihr da tut! Ihr könnt doch nicht...

GUILHERME VASCONCELOS [*fällt ihm finster ins Wort*: — Von mir haben Sie kein Erbarmen zu erwarten! Sie waschen den Faschismus und seine Gräueltaten rein! Ich bin nicht derjenige, der Sie gerichtet hat! --- Sie haben selbst Ihr Urteil gesprochen! Im Namen des Volkes! Geschieht nun doch zu guter Letzt: Gerechtigkeit!

[*Alle stehen von ihren Plätzen auf. Langsam. Manuel Fernandes schreit verzweifelt um Hilfe. Aber niemand kommt ihm zu Hilfe. Die Dissidenten lachen böse. Manuel Fernandes versucht etwas zu sagen, stammelt, aber die Angst hat ihn übermannt, hat ihm die Stimme verschlagen.*]

GUILHERME VASCONCELOS — Bis jetzt haben Sie einen auf Tapfer gemacht. Doch jetzt, im Angesicht des Todes, schlottern Ihnen die Knie. Jetzt endlich werden Sie sich Ihrer Feigheit gewahr! --- Gebt dem Kaiser, was des Kaisers ist!

[*Manuel Fernandes schließt die Augen. Die Dissidenten fallen über ihn her. Sie greifen den Angeklagten mit aller Gewalt an. Manuel Fernandes, versucht immer wieder zu fliehen, aber er kann den Schlägen nicht entkommen. Irgendwann fällt sein Körper zu Boden. Maria Correia Costa zerkratzt ihm das Gesicht. Die Dissidenten schlagen und treten auf Manuel Fernandes ein. Plötzlich hört man von draußen ein Gepolter. --- Eine Männerstimme ertönt aus dem Nichts, schreit:* — Polizei! Das Gebäude ist umstellt! Ergeben Sie sich! *Alle halten ein. Schauen in die gleiche Richtung. Auf den Bühneneingang. Langsam heben alle ihre Arme hoch. Der Angeklagte seufzt erleichtert. Fängt an laut zu lachen. Das Lachen ist gehässig-böse. Das Licht wird dunkler. Erlischt völlig. Im Dunkeln herrscht plötzlich erneut Aufregung. Jemand läuft darauf los. Ein Schuss fällt im Dunkeln. Es echot. Es fällt dumpf ein Schrei zu Boden. Und nur einen Augenblick darauf knallt ein Körper hart, bald schon leblos, auf die Bühnenbretter. Weitere Schüsse werden abgefeuert. Echo. Echo... Bis der Hammer der Pistole trocken auf Stahl trifft. Hammer. Hammer. --- Stille.*]

[*Vorhang.*]

Zweite Szene
»Ich bin nicht gekommen,
Gerechte zu rufen, sondern Sünder«
(Matthäus 9: 13)

[*Vor dem Vorhang. Ein wenig Licht fällt auf Ana Luísa Rebelo. Das Licht wird immer heller. Sie hat eine rote Nelke in der Hand und ist ganz in Weiß gekleidet.*]

ANA LUÍSA REBELO

— Sie sind gekommen, um mich zu holen.
Aus dem Abstellraum der Erinnerung.
Aus dem Raum, der den Lebenden verwehrt bleibt.
Wo die Toten ruhen.
Wo Märtyrer den Tod erdulden.
Ich bin Ana Luísa Rebelo.
Mitglied der Portugiesischen Kommunistischen Partei.
Man hat mich verurteilt,
ohne mich jemals angeklagt zu haben.
Ich bin eines der Opfer.
Dieses Regimes.
Opfer von Krankheit und Misshandlungen.
Meinen leblosen Körper haben sie aus dem eisig-kalten
Wasser des Flusses gefischt.
Dem Tejo.[28]
Die Umstände meines Todes wurden schnell festgestellt.
Selbstmord hieß es
von Seiten der Rechtsmediziner,
die nicht nur im Dienste des Staates,
sondern auch der Repression stehen,
die von den staatlichen Institutionen
des Estado Novo ausgehen.
Selbstmord.
Mit eingeschlagenem Hinterkopf.

[*Pause.*]

ANA LUÍSA REBELO
— Endlich haben meine Eltern und Freunde --
– vor einigen Tagen –
von meinem Ableben erfahren. ---

[*Pause.*]

ANA LUÍSA REBELO
— Ich wurde am 23. Februar 1974 in Haft genommen.
Man hat mir eine Häftlingsnummer zugewiesen.
Aufgedrückt.
2-7-4-5.
2-7-4-5 wurde gefoltert.
Den geschulten Händen der Geheimpolizei ausgeliefert. --
Sie haben Zigaretten geraucht.
Befahlen mir, die angezündeten Zigaretten in den Mund zu
nehmen.
Sie zu essen. Hinunterzuschlucken---
während die Glut ---- meine Zunge verbrannte.
Sie drückten mir die brennenden Zigaretten
auf meinem Rücken aus.
[*verschämt*: — Auf meinen Brustwarzen
und auf meiner Scham.
Immer wieder.
Drückten sie mir ihre Zigaretten auf der Haut aus.
Auf derselben Stelle. Wie schon zuvor.
Um den Schmerz ins Unerträgliche zu steigern.
Sie liebten es
mich schreien zu hören.
Tag für Tag. Nacht für Nacht. ---- -
Drückten sie... Die Zigaretten aus.
Immer auf derselben Stelle.
Um mir unsägliches Leid zuzufügen.
Sie vergewaltigen... [*die Stimme versagt ihr.*

— Immer und immer wieder dieser Schmerz!
Diese Scham! Diese Schmach!
Und mein Körper,
der nun endlich --- nicht mehr kann.

[*Pause.*]

ANA LUÍSA REBELO
Es half nichts mehr, --- leise ---
und mit zittriger Stimme
ein Lied anzustimmen:
[*summt die Melodie einer der Strophen des Liedes
„A morte saiu à rua"
(„Der Tod macht sich auf die Straße") von Zeca Afonso*[29]
Nur um einen kurzen Augenblick
zu vergessen...
Zumindest im Schlaf die Bilder aus meinem Kopf
zu drängen...
Die Aufruhr,
das Brennen auf der Haut
mit einem Lied, mit einem Gedanken der Hoffnung
abzukühlen...
Doch nach jedem erneuten Verhör
war ich gebrochener als zuvor.
War da eine Brandwunde mehr... --- --- -- -
Alles so düster um mich herum
in dieser winzigen Zelle...
und dann...
plötzlich...
[*mit den verschränkten Armen versucht sie sich die Augen zu
bedecken:*
— Das Licht! Das entsetzlich, grelle Licht!
Mit denen sie mir die Augen blenden.
Um mich zu erblinden ---
Um mich mit dem Licht auszupeitschen. ---

[*Pause.*]

ANA LUÍSA REBELO

— Aber ich habe nicht abgelassen.
Von meinen Überzeugungen!
Ich vertraue auf den Sieg! Meiner Ideale!
Die Arbeiterklasse wird triumphieren!
Das ist das unvermeidliche Schicksal unseres Landes!
Für die Freiheit!
Bis zum Ende!
Bis zum bitteren Ende, wenn es sein muss.
Es muss. Sein!
Für die kommunistische Bewegung!
Bis zum bitteren Ende!
Bis zum Ende! Für die Werktätigen! Für den Proletarier! ---

Das Ende. -- Ist nah!
End--lich!

[*Pause.*]

ANA LUÍSA REBELO

— Ihr habt meinen Namen aus dem Buch der Lebenden
gestrichen.
Ich habe vom Leben losgelassen.
Sie haben meinen Leichnam ins Wasser gelassen.
Der Fluss riss an meiner Seele. Riss sie mit sich. In die
Tiefe.
Ich war hinabgestiegen. In das Reich der Toten.
Wo es finster war. Bitter kalt.
Als ich nach dem dritten Krähen langsam die Augen
öffnete und wieder sehen konnte, erblickte ich eine Stiege.
Da war eine weiße,
marmorierte Treppe. Vor mir.
Die Stufen führten himmelwärts.
Empor.
Vor die Pforten. Edens. ---

Meine sterbliche Hülle wurde ans Ufer angeschwommen.
Jemand hat sie gefunden. ---

[*Pause.*]

ANA LUÍSA REBELO

— An der Beerdigung nahmen die Freunde teil. Die
engsten Familienangehörigen.
Und natürlich auch die PIDE.
Es gab Konfrontationen.
Mein Onkel wurde zusammengeschlagen.
Sie haben ihn gewarnt. Mit dem Schlagstock
verwarnt.
Der hat ihn überzeugt.
Er hat zwei minderjährige Töchter.
Daran muss man denken. Das muss man sich
zweimal überlegen.
[*sie zählt an den Fingern:*
— Überlegen. Überlegen. --
Bevor man eine Dummheit macht.
Die man dann bereut. --
Ich bereue nichts! Nichts!
Ich bin die Letzte, die lacht! [*lacht.*
Das Lachen geht einem durchs Mark.
— Weil hier [*das Licht wird weißer, göttlich-weißes, gleißendes Licht*
fällt auf Ana.
— Im Diesseits,
bin ich Licht und Liebe.
Hier habe ich wieder zu mir gefunden!
Hier habe ich Frieden und Freiheit gefunden.
Hier habe ich zu Gott gefunden! ---
Er wird mit euch abrechnen.
Diese Rechnung [*sie zeigt auf sich:*
— kommt euch teuer zu stehen!
Gott ist groß! Gott ist gerecht!
Gott allein ist gerecht!

Mein Blut wird über euch kommen.
Da gibt es kein Wasser auf Erden,
noch im Himmel,
das euch rein waschen könnte.
In diesem Gerichtssaal,
in den ihr am Ende eures Lebens geführt werdet,
gibt es keinen korrupten Richter.
Kein Geld der Welt
könnte euch hier eure Schuld tilgen.
Was ihr gesät habt, werdet ihr ernten. ---
Er wird kommen, euch zu richten:
die Lebenden und die Toten zu vergelten. Unsere Toten. --
Meine ist die Stimme aus der Wüste.
Gott ist die Erlösung!
Morgen schon werdet ihr heulen und die Zähne knirschen.
Wir, die Letzten, werden die Ersten sein. --
Es ist absonderlich,
ja befremdlich,
eine Kommunistin so über Gott sprechen zu hören!?
Nun ja. Heute weiß ich,
dass es einen Gott gibt!
Dass ich mich geirrt habe. ---
Nun kann ich still schweigen.
Denn die Steine werden für mich schreien.

[*Ana Rebelo lässt die Nelke auf den Boden fallen. Sie senkt ihren Kopf. Das Licht wird schwächer. Kurz bevor es ganz ausgeht, kommt Pedro Miguel auf die Bühne. Er stellt sich neben Ana. Auch er hält eine rote Nelke in der Hand. Das Licht wird wieder heller, bis es ganz auf ihn scheint.*]

PEDRO MIGUEL COSTA
— Ich bin Pedro. Pedro Miguel Costa.
Ich wurde in das Arbeitslager Tarrafal deportiert.
Ein KZ der DGS.
Auf der Insel Santiago.

In Kap Verde.
Wohin ursprünglich die Oppositionellen,
die Staatsgegner verfrachtet wurden.
Mit dem Ziel, sie aus der Metropole Lissabons
zu entfernen.
Und wohin nun die politischen Gefangenen aus den
Kolonien verschleppt werden.
Ich bin hier gelandet,
weil ich sie unterstützt habe.
Die marxistisch-leninistischen
Unabhängigkeitskämpfer.
Aus Angola und Mosambik. ---
Ich bin müde. Lebens-müde.
Ausgemagert.
Das Essen ist schlecht. Verfault.
Sie mischen ihm Exkremente unter.
Die Aufseher urinieren in die Suppe.
Vor unseren Augen.
Kurz bevor sie sie uns aushändigen.
Die Suppe. Die wir nichtsdestotrotz auslöffeln.
Weil wir Hunger haben.
Dann lachen sie. Dreckig. ---
Es ist ein hartes Brot.
Die Zwangsarbeit in den Steinbrüchen.
Wir sind gezeichnet und gebrochen.
Mit dem nackten Oberkörper der prallen Sonne
ausgeliefert.
Die Sonne scheint. Von oben herab.
Mir dreht sich der Kopf,
wenn die tropische Hitze ihren Zenit erreicht.
Nachts ist es die Eiseskälte. Die mir in der Baracke zusetzt.
Und der Entzug nagt an mir... mich mit der Außenwelt
[*heiser:* — mich mit den Freunden zu unterhalten.

[*Lächelt unaufrichtig.*]

PEDRO MIGUEL COSTA
— Von Zeit zu Zeit denke ich an Mutter.
Dann bin ich mit den Gedanken auf dem Mond.
Und denke. ---
Und denke, wie es wäre jetzt, zu Hause zu sein.
[*seufzt vor Sehnsucht*:
— Und ich denke an meine Freundin. An Eva.
Ich denke daran, ihr einen Heiratsantrag zu machen.
Wie lang ist es her, Eva?
Dass ich in deine sanften Augen gesehen habe.
Die auf mir ruhten. So sachte. So voller Liebe.
Braune, mandelförmige Augen. So sanft
wie der Sado Fluss.[30]
Es ist viel zu lange her!
Fast schon wie in einem anderen Leben. ---
Ich denke daran, wie es wäre, wenn wir zusammen leben
könnten.
Du und ich. Eva!
Wir hätten Kinder zusammen.
Einer würde Feuerwehrmann werden wollen.
Das wollte ich werden, als ich klein war.
Ich wollte Menschenleben retten.
[*nachdenklich und ernst*:
— Aber vielleicht würden unsere Söhne viel lieber
Polizisten sein.
Und im Dienste der Diktatur stehen. ---

[*Pause.*]

PEDRO MIGUEL COSTA
— Täusche dich nicht!
Wenn ich hier rauskomme, ist Mutter nicht mehr
am Leben!
Und Eva?
Eva wird nicht auf mich gewartet haben!

Das heißt, sollte ich jemals hier herauskommen...
So kehre ich vom Mond zurück.
Leer. Wie meine Gedanken...

[*Pause.*]

PEDRO MIGUEL COSTA
[*den Verstand verlierend:*
— Und nun --- denke ich nur noch an mein Ende.
Wie ich mein Leben beenden kann.
Mein Leben,
das hier keinen Pfifferling wert ist.
Mein Leben,
dem keine Tür mehr offen steht.
Alles hat dicht gemacht.
[*halluzinierend:*
— Den Tod voraus, ---
den Tod, von Angesicht zu Angesicht,
spürend ---
ich spüre seinen kalten Atem...
wie er mich zum Schweigen bringt!

[*Erschaudert vor Kälte. Schweigt.*]

PEDRO MIGUEL COSTA
— Ich bin allein, inmitten der Einsamkeit.
Die Zeit hält nicht an.
Hört nicht auf zu schlagen.
Zu ticken.
Tick-tack
Tick-tack
Auch das ist eine Form von Sterben.
Tack.
Nichts, was mir als Zeitvertreib bleibt.
Um die Zeit totzuschlagen!
Tick.
Kein Buch. Keinen Stift. --- --- Tack.

[*Greift sich in die Haare und reist sie sich aus:*
— Um mich herum nur Beton und Stacheldraht. ---
So weit weg von hier bin ich,
mit meinen Gedanken.
So weit. Weit weg von hier.
Aber meine Gedanken stolpern. Über Gedanken.
Die ich mir aufschreiben möchte.
Ich möchte sie sortieren.
Nach Größe, Gewicht und Farben.
Aber ich habe kein Papier zur Hand.
Keinen Stift. --- Alles ist rabenschwarz.
Also schreibe ich!
Mit den aufgeriebenen Fingerkuppen.
Schreibe ich Wortfetzen an die Wand.
An die raue, feuchte Oberfläche der grauen Wand.
Wörter, die sich aus dem Nichts in mir erheben.
Form gewinnen. Zu Gedanken werden.
Bis...
Bis das Blut aus den Fingerkuppen rinnt.
Mein Blut...
Mit dem ich mich niederschreibe.
Ich schreibe;
diktiere mir selbst zu:
Ich bin kein Held, Herr!
Bitte lass diesen bitteren Kelch an mir vorübergehen!
Entferne aus meinem Schicksal die Dornen und Disteln!
Aus meinem Fleisch entferne den Stachel des Todes!
Mein Leben ist ein Tag. Der so nicht zur Neige gehen darf.

[*schaut auf seine zittrigen Hände, verzweifelt:*
— Ich bin so weit weg. Von zu Hause. Von der Wahrheit.
Vom Leben.
Jeder Gedanke ist wie ein schwerer Stein.
Der auf den Boden fällt.

[*zieht einen Stein aus der Hosentasche und lässt ihn ohrenbetäubend zu Boden fallen.*
— Mein Grabstein.

[*Er lässt die Nelke zu Boden fallen. Senkt seinen Kopf. Das Licht geht langsam aus. Er reicht Ana Luísa Rebelo seine Hand. Cláudio Pestana betritt die Bühne. Auch er hat eine rote Nelke in der Hand. Er stellt sich zu Pedro. Das Licht wird wieder heller, bis es ganz auf Cláudio fällt.*]

CLÁUDIO PESTANA
— Mein Name ist Cláudio Pestana.

[*errötet:*
— Der passiven Homosexualität angeklagt. ---
Ich habe immer geglaubt, die Geheimpolizei foltert nur
um Informationen zu erpressen.
Um Geständnisse zu erzwingen.
Um Täter zu strafen.
Oder um den Unschuldigen ein Verbrechen anzuhängen.
Sie los zu werden...
Aber die PIDE foltert auch,
weil es ihnen Spaß macht
zu foltern.

[*Pause.*]

CLÁUDIO PESTANA
— Ich musste mich ausziehen.
Das Hemd. Die Hose. Alles.
Ich stand nackt vor ihnen.
Vor den Schutzpolizistinnen, der weiblichen Brigade der
PIDE.
Das sind keine Frauen!
Es sind Monster!
Ich habe versucht, mir mit den Händen
die Scham zu bedecken.
Aber immer wenn ich mein Geschlecht verdeckte,
setzte eine Maulschelle nach der anderen.

Blitzlicht! Blitzlicht!

Sie hörten nicht auf, Fotos von mir zu schießen.

Um mir auch ja den letzten Funken

Würde zu rauben.

Dann lachten sie. Und sagten, sie würden es überall

herumzeigen.

Meiner Mutter.

Und sie lachten herzhaft.

Sie lachten mich aus. Mich. Die lächerliche Figur, die da im

Verlies vor ihnen stand.

Und vergeblich versuchte sich irgendwo im Dunkel vor

ihnen und ihrem Spott zu verbergen.

Dann plötzlich, aus einer Laune heraus,

schlugen sie auf mich ein.

Schlugen mich zusammen. Schlugen.

Schlugen mit den Fäusten.

Traten mich zusammen.

Ihre Knie bohrten sie mir in den Magen.

Schlugen mich grün und blau.

Ich konnte meine Arme nicht mehr spüren.

Auch meine Beine nicht.

Konnte kaum mehr stehen.

Sie schlugen weiter wild auf mich ein.

Trafen mich überall. Im Gesicht.

Trafen mein Gesäß. Meine Hoden. Meinen Rücken.

Versuchten, mir das Rückgrat zu brechen.

Bis jemand sagte: Das reicht!

[*jammernd:*

— Es reicht, ja? Bitte! Es reicht! ---

[*Pause.*]

64

CLÁUDIO PESTANA

— Eine Woche lang ging ich krumm. Konnte mich nicht
aufrichten.
Nicht gerade stehen. ---

[*Pause.*]

CLÁUDIO PESTANA

— Es bereitet ihnen eine Mordsfreude:
zu sehen, wie ich mich auf dem Boden winde.
Wie ich mich kurz aufbäume und dann in mich
zusammensacke.
Wie mir die Lippen platzen,
wie ich hier und da blute,
nachdem sie mir erneut,
voller Schadenfreude,
ihre Schlagstöcke in die Eingeweide gerammt haben.
Sie machen weiter, weiter, immer weiter...
bis sie mir die Schreie im Hals ersticken.
Bis der Schrei nur noch ein Stöhnen,
ein Keuchen ist. [*stöhnt, keucht:*
— Bis ich Blut huste
und mich nicht mehr winden kann.
Dann endlich
lassen sie von mir ab. Lassen mich
regungslos, besinnungslos liegen.

[*Pause.*]

CLÁUDIO PESTANA

— Alsdann stehen sie erneut in meiner Zelle.
Setzen mir eine Pistole an die Schläfe.
Spannen den Hahn.
Sie treiben mit mir ihre Possen.
Lachen. Tun so als ob. Dann schlagartig
drücken sie ab.
Ich zucke zusammen. Verzweifelt.

Schließe blitzartig die Augen. Vor Angst.
Ich zittere am ganzen Leib.
Aber sie lachen wieder.
Hast Glück gehabt, höhnen und hohnlachen sie.
Diesmal war keine Patrone drin!

[*Pause.*]

CLÁUDIO PESTANA

— Da sind sie wieder. Immer wieder. Sind sie da.---
Urplötzlich
schreien sie. Schreien mich an.
Schmeißen mir Beleidigung an den Kopf.
Die mich zu einem Nichts degradieren.
Sie haben kein Schamgefühl.
Diesen Tieren ist es fremd
sich zu schämen.
Ihre Stimmen brennen sich in meine Seele ein.
Jedes Wort wie eine erneute Ohrfeige.
Ein erneuter Schlag. Ins Gesicht.
Zack-zack!
»Du schwule Sau!«,
Folter.
»Schwuchtel!«,
Folter. Folter!
»Trine!«
Folter.
»Hurensohn!«
Sie sagen alle möglichen Sachen zu mir.
[*hält sich die Ohren zu:*
— Nur nicht meinen Namen.
[*sich erinnernd:*
— Cláudio! ---
Der Hurensohn!

[*Pause.*]

CLÁUDIO PESTANA
— Schlafentzug.
Sie lassen mich nicht schlafen.
Drei Tage lang. Und drei darauffolgende Nächte. Lassen sie
mich nicht schlafen.
Ich bin so müde. Ich habe das Bedürfnis ---
zu schlafen. Schlafen!
Die Augenlieder werden schwer.
Der Körper wird schwer.
Ich kann mich nicht mehr halten.
Ich verliere mein Gleichgewichtsgefühl.
Ich verliere jegliches Gefühl.
Die Knie zittern.
Ich taumele.
Wo bin ich? Wo bin ich?
Wer bin ich?
Der Körper wird schwach.
Meine Gedanken sind leer.
Ich verliere jegliches Zeitgefühl.
Ich fühle mich -- -
schwindelig.
Alles dreht sich.
Ich drehe durch. Werde verrückt.
Halluzinationen. Halluzinationen.
Ist hier jemand?
Ach ja! Ich bin es nur! Ich. --
Ich höre ein Pfeifen. Durch die Ohren dringen.
Der Kopf springt entzwei.
Ich habe fürchterliche Kopfschmerzen.
Die Muskeln verkrampfen sich. Werden lahm.
Lähmen den Körper.
Halten ihn nicht mehr zusammen. Noch aufrecht.
Ich strauchele.
Mein Nervensystem stürzt in sich ein.

Ich stürze ab.

Ich falle.

Falle.

Der Boden öffnet sich.

Ich falle hinein.

Falle...

Schlage fürchterlich auf.

Mein Gott, wo bin ich hier? ---

Allmächtiger Vater!

Wie tief bin ich gefallen?

[*Pause.*]

CLÁUDIO PESTANA

— Sie finden Spaß daran...

[*schlägt sich die Hände vor den Mund:*

— Nein!

Es gibt Dinge, die man nicht aussprechen darf!

Dinge, die ungesagt bleiben sollten.

Ich werde es hier nicht sagen.

Alle wissen nur zu gut, wozu der Mensch fähig ist.

Wenn man ihm die Befehlsgewalt über andere gibt.

Ihnen erlaubt, über andere herzufallen.

Wie ein Wolfrudel über ein Schaf fällt. Es aufreißt.

Ihr wisst nur zu gut, zu wie viel Grausamkeit just diese
Kategorie Mensch fähig ist.

Der Mensch
lässt sich bestechen.

Lässt sich von der Macht korrumpieren,
die in seinen Händen wächst.

Ihr wisst es! Nur zu gut!

Wozu sie fähig sind! --- Diese Tiere!

[*Pause.*]

CLÁUDIO PESTANA

[*betrübt:*

— Sie lassen mich nicht, auf die Toilette gehen.

Ich muss meine Notdurft verrichten.

Sie zwingen mich auszuharren. Bis ich nicht mehr kann.

Aber sie erlauben mir nicht, auf die Toilette zu gehen.

Ich muss auf den Boden koten.

Vor ihren aller Augen.

Sie stehen um mich herum.

Schauen mir zu.

Über die Schulter.

Glotzen.

Und freuen sich,

dass ich mich ihrer schäme.

Wieder schlagen sie mich.

Erneut machen sie sich lustig. Über den Wurm.

--- Lachen.

Dann rufen sie: Du Schwein!

Dann befehlen sie mir, mich auszuziehen.

Und den Kot und das Urin mit dem Hemd und meiner Hose aufzuwischen.

Dann befehlen sie mir, --- dem Schwein, ---

die dreckige, stinkende Kleidung wieder anzuziehen.

Und sie erlauben mir nicht, mich zu waschen.

Tagelang. Darf ich mich nicht waschen!

Es stinkt. -- Nein!

Ich bin es, --- der stinkt.

[*Pause.*]

CLÁUDIO PESTANA

— Tief in mir schlummert ein Traum.

Der manchmal an die Oberfläche meines Bewusstseins auftauchen möchte.

Ich träume davon, erneut die sauberen Strände der Algarve[31] zu sehen.

Ich träume davon, nachts am Strand zu sitzen.

Und das Meer zu hören.
Wie die Wellen tosen. Sich brechen. Schäumen.
Ich höre es! Das Tote Meer in mir!
Und ich wasche mir die Hände in seiner Flut.
Das salzige Wasser umhüllt meinen Körper.
Es reinigt und läutert auch meine Gedanken.
Das ewige Meer, das ich so misse,
ertränkt mich, liebevoll...

[*Pause.*]

CLÁUDIO PESTANA
— Nein, ich lebe noch.
Das Meer ist weit. Weit weg.
Sie verabreichen mir Tabletten,
die ich schlucken muss.
Meine Pupillen weiten sich.
Nehmen alles in sich auf. Die Gitterstäbe.
Die Tür passt in mein Auge rein.
Ich bin frei. Vogelfrei.
Verrückt.
Ich habe die Kraft, die Gitterstäbe
auseinanderzubiegen.
Ich kann fliegen. Fliegen.
Über Felder. Über das offene Meer.
Seinen brausenden Wellen.
Der Wind peitscht mir ins Gesicht.
Das Wasser wird von wilden Wogen aufgewühlt.
Dann plötzlich... ist es windstill... so still wie jetzt...
Und --- unerwartet,
kommt der Sturz in die Tiefe.
Alles stürzt auf mich nieder.
Die Wände links, rechts,
die Decke stürzt auf mich ein und
-- zerquetscht - mich.

Es dreht sich.

Alles dreht sich. Ich muss... erbrechen.

[*erbricht.*

CLÁUDIO PESTANA

— Farben verschmieren. Laufen ineinander.

Werden schwarz. Mir wird schwarz vor Augen.

Was machen die mit mir?

Sie machen mich verrückt.

Sie machen mich fertig.

Sie kriegen mich! [*schaut erschrocken nach hinten, aber da ist
niemand.*

CLÁUDIO PESTANA

— Sie kriegen mich --- klein. [*weint. Schreit.*

CLÁUDIO PESTANA

— Ich schlucke die Drogen nicht. Weigere mich.

Runter damit!, schreien sie.

Ich wehre mich mit letzter Kraft.

Ich will keine mehr!

Ich will das Zeug nicht! Nein!

Sie schlagen und treten mich,

bis ich sie doch runterschlucke.

[*schluckt:*

— Dann ---

ganz plötzlich ---

der Entzug.

Von einem Tag auf den anderen.

Sie lachen.

Lachen mich aus. Lachen mich wieder aus.

Die schwule Sau.

Den Hurensohn.

Die Schwuchtel.

Der Körper zittert.

Ich zittere am ganzen Leib.

Schweißausbrüche, Kraftlosigkeit; Übelkeit;
das Zittern... vor Angst ---
Gibt mir die Scheißtabletten!
Gibt mir alle auf einmal!
Dann ist endlich --- endlich Schluss!

[*Lässt die Nelke auf den Boden fallen. Senkt den Kopf. Das Licht geht langsam aus. Er reicht Pedro Miguel Costa seine Hand. Rafael Barros tritt auf die Bühne. Wie Ana Luísa Rebelo ist auch er ganz in Weiß gekleidet. Er gesellt sich zu den Dreien. Das Licht wird wieder hell.*]

RAFAEL EDUARDO BARROS
— Ich heiße Rafael Eduardo Barros.
Student am Institut für Wirtschafts- und
Finanzwissenschaften der Technischen Universität
Lissabon.
Ich komme aus bescheidenen Verhältnissen.
Dass ich studieren darf, verdanke ich meiner Mutter.
Die sich selbst nichts gönnt, die sich aufopfert, die sich
alles vom Munde abspart,
um mir meine Träume zu ermöglichen.
Den Traum von einem besseren Leben.
Den Traum, der meinen Eltern verschlossen blieb.

[*Rafael Barros schaut auf seine Hände.*]

RAFAEL EDUARDO BARROS
— Wir wollten Gerechtigkeit.
Und da es keine Gerechtigkeit in diesem Land gibt,
waren wir bereit, sie mit unseren Händen
zu erzwingen.
Wir haben einen Spitzel der PIDE
in Gewahrsam genommen.
Manuel Fernandes e Castro.
Niemand anderes hätte es getan.
Niemand hätte es gewagt.
Wir haben ihn verhört. Um der Wahrheit willen. ---

Die Wahrheit... Und nichts als die Wahrheit.
Wir haben ihn vor unser Tribunal gestellt.
Hatten das Urteil schon gesprochen.
Im Namen des Volkes...
Wollten es gerade vollstrecken...
Da platzte urplötzlich die Polizei herein.
Und setzte erneut die Gerechtigkeit aus.
Die Henkersknechte haben ihn in Schutz genommen.
Uns haben sie wie gemeine Verbrecher verhaftet,
uns,
die wir doch nur Gerechtigkeit wollten,
die wir doch nur ein gerechtes Urteil
vollstrecken wollten.
Auf einmal fiel ein Schuss.
Ein Schuss und ein Schrei.
Ein Körper fiel dumpf zu Boden.
Mein--- Körper.
Weil ich in Panik geriet.
Weil ich der Situation entkommen wollte.
Weil ich dem Polizisten die Waffe
aus der Hand schlagen wollte,
mit der er auf meine Freunde zielte.
Absurd! Ich weiß.
Der Polizist drückte den Abzug.
--- Und so fiel mein Körper leblos zu Boden.
--- Niemand entkommt.
Niemand entgeht seinem Schicksal!
Und meine Vorherbestimmung war es
dann und dort mein Leben auszuhauchen. ---
Jetzt frage ich mich:
was hat es gebracht?
Wofür bin ich gestorben?
Wofür ließ ich mein Leben? Meine Mutter?
Meine Freundin?

Meine Zukunft währte nur einen Augenblick.
Wollte mir gleich Vergangenheit sein. ---

[*Pause.*]

RAFAEL EDUARDO BARROS

— Sie verabschieden weiterhin ihre Gesetze.
Die nur den Häschern und den Todesengeln nützen.
Niemandem sonst nützen diese Gesetze,
die sie mit Pomp beschließen
und als Volkswohl propagieren.
Das Volk passt nicht zwischen die Paragraphen der
Repression,
der Unterwerfung und Unterjochung.
Das Volk kann nicht atmen, mit dem Knebel im Mund.
Die Paragraphen werden so formuliert, dass sie den
kleinen Mann ersticken. Zermalmen.
Alles Leben in ihm auslöschen.
Wo bleiben wir, die keine Protektion genießen?
Auf der Strecke!
[*nachdenklich, zitiert aus dem Gedächtnis:*
— In diesem Land stirbt man,
wenn man auch nur den Mund aufmacht!
In diesem Land stirbt man,
auch wenn man schweigt!
[*entschieden:*
— Also was haben wir zu verlieren?
Erhebt eure Stimmen in einem Meer des Widerrufes!
Schreit es euch aus der Seele!
Und sterbet, mit erhobenem Haupt!

[*Pause.*]

RAFAEL EDUARDO BARROS

— Da gehen sie hin! Da tragen sie meinen Sarg.
Auf ihren Schultern
tragen sie meine sterblichen Überreste. ---

[*Pause.*]

RAFAEL EDUARDO BARROS
— Liebe Freunde! Liebe Eltern!
[*legt seine Hände auf das Herz:*
— Ich habe eure Gebete erhalten.
Und danke euch für eure Andacht. Und Wehklagen.
Eure an Gott gerichteten Worte haben mich beruhigt.
Haben in mir den Hass und den Schmerz gezügelt.
Danke! Es geht mir geht gut!
Ich bin angekommen. Am Ziel.
Gott der Allmächtige, Gütige, Liebende
hat mich bei sich aufgenommen.
Wie er jeden Rechtschaffenden in sein Reich aufnimmt.
Jeden, der das Herz auf dem rechten Fleck hat.
Der reinen Herzens ist.
Ich bin für meine Leiden entschädigt durch die Liebe und
Gerechtigkeit Gottes.
Seine Liebe erquickt und stärkt mich.
Gepriesen sei der Herr!
Und doch bin ich so unsagbar traurig,
weil ich euch betroffen und betrübt sehe.
Ich sehe euren Trübsinn, euren Überdruss.
Einen Sohn zu beklagen...
einen Freund zu verlieren...
die Freiheit einzubüßen...
ist wohl das Schlimmste, was einem passieren kann.

[*Pause.*]

RAFAEL EDUARDO BARROS
— Sie zensieren uns. Fahren uns über den Mund.
Um uns zum Schweigen zu bringen.
Sie haben unsere Träume, Visionen, Utopien
für gesetzeswidrig erklärt.
Die Wahrheit haben sie mit Gewalt

geknebelt und gefesselt.

In den Gerichtssälen haben sie die Wahrheit vergewaltigt.

Die Wahrheit, die dort keinen Platz angeboten bekommt.

Die Wahrheit, die sie aufs Blut bekämpfen.

Mit ihren billigen Tricks und Kungeleien.

Ihrem Justizgeheimnis. --- Der Zensur.

Ich möchte euch daran erinnern, dass die Wahrheit eines Tages neu geschrieben wird.

Aber das steht auf einem anderen Blatt. ---

Hier, im Himmelreich, gibt es Gerechtigkeit!

Und sie wird mit einem blanken Richtschwert verteidigt.

Welches ein tiefschwarzes, verwunschenes Herz mit einem einzigen, sauberen Hieb

entzwei zu schlagen vermag.

Hier gibt es niemanden,

der gleicher ist als alle anderen. -

Ipse venena bibas!

Hier werden sie ihr eigenes Gift trinken!

Hier wendet sich der böse Zauber

gegen den Hexenmeister,

der ihn auf uns beschwor. –

Das Höllenfeuer wartet auf euch. ---

--- Gott allein ist gerecht! ---

[*Stöhnt auf.*]

RAFAEL EDUARDO BARROS

— Da tragen sie ihn fort... Meinen Leichnam. --- Dort!
--- Tragen sie meinen Sarg. Auf ihren Schultern.

[*Das Licht geht abrupt aus. Alle ab.*]

Dritte Szene

»Haltet mich nicht auf... dass ich zu meinem Herrn ziehe!«

(Genesis 24: 56)

Hunderte Kommilitonen, einige beherzte Professoren, Freunde und Familienangehörige, unter ihnen natürlich auch Maria Amália Ramalhos, die Mutter des Toten, haben sich in einer kleinen Kapelle versammelt. Unerschrocken haben sie sich eingefunden, um den Toten die letzte Ehre zu erweisen. Ehre und Hochachtung. Viele stehen draußen. Rauchen. Flüstern. Trauern. In die Wand eingefasst ist ein Bleiglasfenster. Es zeigt den Erzengel Michael mit seinem aus der Scheide gezogenen, blau-glänzenden Schwert. Ihm zu Füßen liegt der Teufel, in seinen eigenen Fesseln gefangen und in den zarten, doch von dem Dämon unmöglich, aus eigener Kraft zu sprengenden Ketten des Rosenkranzes. Der Blick der dämonischen Kreatur fleht um Erbarmen. - -- Alle, die sich hier versammelt haben, trauern um Rafael Eduardo Barros, dessen offener Sarg in der Kapelle aufgebahrt worden ist. Erstarrt und kalt liegt der Leichnam in Samt. Die Hände sind Rafael liebevoll zum Gebet auf die Brust gefaltet worden. Das Gesicht ist blass und ausdruckslos. Links und rechts stehen zwei weiße, hellerleuchtete Kerzen und ein großer, schöner, mit weißen Blumen besteckter Kranz. Die Mutter betet. Nur ihre Lippen bewegen sich. Zucken leicht. Ihre Stimme bleibt stumm. Sie weint. Ohne es zu wollen, rollen ihr die Tränen über das nicht mehr junge, ovale Gesicht. Jetzt endlich, da der Schmerz zu groß wird, nimmt sie ein Taschentuch heraus und hält es sich vor den Mund. Um den unwillkürlich ausgestoßenen Schrei damit zu ersticken. Jemand klopft ihr behutsam auf die Schulter. Sie dreht sich langsam zu der Person um. Sieht, dass es einer der Studenten ist. Der sie nun ganz sacht in seine Arme schließt. Sie kurz an seine Brust drückt und gleich wieder loslässt. Er will ihr sagen, wie sehr es ihm leid tut. Wie sehr sie alle, die hier Eingefundenen, mit ihr das Kreuz des Leidens erdulden. Doch da sind keine Worte, die das hätten ausdrücken können. Auch er schweigt. Und hofft, dass die kümmerliche Umarmung ihr vielleicht doch etwas wie Trost hat ausrichten können. --- Inzwischen hat sich unter die Trauernden ein Mann in Zivil gemischt. Dass er Polizist sein muss, sieht man ihm an. Denn er trägt nicht schwarz. Sein Gesicht lässt kein Herzweh erkennen. Seine Augen sind eisig. Starr. Doch er beobachtet genau, wie die Trauernden sich bewegen. Nach dem letzten Gebet, pustet jemand die Kerzen aus. Der

Sarg wird verschlossen. Nun ist es endgültig dunkel geworden. Die Träger heben den schweren, hölzernen Sarg auf ihre Schultern und treten aus der Kapelle. Die Mutter wischt sich die Tränen aus den Augen. Stellt sich hinter dem Sarg auf. Ihre Beine zittern leicht. Draußen warten einschüchternd, auf beiden Seiten der Straße, Polizisten und Polizeihunde auf die Trauernden. Die beunruhigt einige Schritte gehen. Doch urplötzlich aus der unerträglichen Stille heraus stimmt einer der Studenten die portugiesische Nationalhymne an. Alsbald haben sich viele, ja fast alle Stimmen lautstark dem Gesang angeschlossen. Jeder Ton des Liedes verleiht ihnen neuen Mut. Als die Trauergemeinschaft den Vers: — Às Armas, Às Armas[32] *einstimmt, schreit einer unter ihnen:* — Tod den Faschisten! *Wiederum ein anderer schreit:* — Nieder mit der PIDE! *Dabei hebt die Person einen Stein vom Boden auf und wirft diesen auf einen Schutzmann. Doch die Bereitschaftspolizei steht bereit. Man reagiert blitzschnell. Sie entladen ihre ganze Kraft. Mit Schlagstöcken bewaffnet schlagen sie immer wieder auf den Trauerzug ein. Man zielt auf Köpfe. Man lässt den Knüppel aus dem Sack. Sogar auf die Trauernden, die den Sarg tragen, wird mit aller Wucht eingeschlagen. Dabei fällt der Sarg zu Boden. Einige unter den Mittrauernden werden verhaftet. Wieder andere werden von den Hunden gebissen. Nichtsdestotrotz brüllen die Klagenden weiter:* — Mörder, Mörder![33]

[*Wieder geht das Licht aus. Alle ab.*]

Vierte Szene

»Zähle die Tage meiner Flucht,
sammle meine Tränen in deinen Krug;
ohne Zweifel du zählst sie«
(Psalm 56: 9)

Eine Zeit lang passiert nichts. Dann tritt Rafael Eduardo Barros suchend auf die Bühne. Er stellt sich neben seinen Sarg hin, der in der Mitte der Bühne steht. Kurz darauf gesellt sich der Pfarrer zu ihm.

RAFAEL EDUARDO BARROS — Warum steht denn keiner um mein Grab? Wo sind sie hin? Wo seid ihr alle? Ich schaue mich um. Verzweifelt. Bitter. Alle Plätze bleiben leer. Mutter?, rufe ich. Freunde, Kameraden, wo seid ihr? Nur ein Totengräber und der Pfarrer sind unterdessen gekommen. Der Pfarrer steht etwas unbeholfen in seinem schwarzen Gewand da. Er steht. Vor mir. Beugt sich. Zu mir. Über mich. Ist hier. Bei mir. Nahe. Und murmelt. Leise. Betet. Leise. Ich bete mit ihm. Immer noch im Schmerz. Seine Stimme klingt kühl und kalt. Unparteiisch. Gleichgültig. Sachlich. Er kennt mich nicht. Auch meine Beweggründe sind ihm fremd. Nun blättert er. In dem im schwarzen Leder eingebundenen liturgischen Buch. Schlägt eine Seite auf. Die ein sachter Luftzug umzuschlagen sucht.

PFARRER — Und nun spricht der Herr, der dich geschaffen hat: Fürchte dich nicht, denn ich habe dich erlöst; ich habe dich bei deinem Namen gerufen; du bist mein! Wir übergeben deinen Leib der Erde. -- Jesus Christus, der von den Toten auferstanden ist, wird auch dich, unseren Bruder, zum Leben erwecken.

RAFAEL EDUARDO BARROS — Nun senkt der Totengräber meinen Sarg ein.

PFARRER — Ich bin die Auferstehung und das Leben. Wer an mich glaubt, wird leben, auch wenn er stirbt, und jeder, der lebt und an mich glaubt, wird in Ewigkeit nicht sterben.

RAFAEL EDUARDO BARROS — Der Diener Gottes besprengt meinen Sarg mit geweihtem Wasser.

PFARRER — Im Wasser und im Heiligen Geist wurdest du getauft. Der Herr vollende an dir, was er in der Taufe begonnen hat.

RAFAEL EDUARDO BARROS — Jetzt hebt er vom Acker Gottes eine Hand voll Erde auf. Noch während er spricht, wirft er sie auf meinen Sargdeckel.

PFARRER — Von der Erde bist du genommen und zur Erde kehrst du zurück. Der Herr aber wird dich auferwecken!

RAFAEL EDUARDO BARROS — Der Geistliche paust, während ich leise und fast weinerlich spreche: Erde zu Erde, Asche zu Asche, Staub zu Staub. --- Er scheint auf mich gewartet zu haben, denn erst jetzt macht er das Kreuzzeichen über meinem Grab. Und auch ich, der ich noch immer verwirrt neben mir stehe, bekreuzige mich. Voller Ehrfurcht.

PFARRER — Der Allmächtige Gott erbarme sich deiner. Herr, gib ihm die ewige Ruhe, und das ewige Licht leuchte ihm. Lass ihn ruhen in Frieden!

RAFAEL EDUARDO BARROS — Erneut zeichnet er das Kreuz in die Luft.

PFARRER— Es segne der Allmächtige und Barmherzige Gott, der Vater, der Sohn und der Heilige Geist.

RAFAEL EDUARDO BARROS — Zusammen sprechen wir das letzte Wort aus. Auch wenn meine Stimme in dieser Welt keinen Schall und keinen Klang mehr hat.

PFARRER und **RAFAEL EDUARDO BARROS** [*zusammen:* — Amen.

[*Vorhang.*]

Zweite Farce

Erste Szene
»Und der Rauch ihrer Qual steigt auf von Ewigkeit zu Ewigkeit«
(Offenbarung 14: 11)

Guilherme Vasconcelos wird in einer Kerkerzelle festgehalten. Neben ihm steht ein Tisch. Es ist dunkel und feucht und riecht nach Moder. Sein Kopf ist auf die Brust gesenkt. Man hat ihn sichtlich misshandelt. Er ist schwach und braucht einige Zeit, um zu sprechen. Er muss zwischen jedem ausgesprochenen Wort flach atmen. Neben Guilherme liegt ein Körper ausgestreckt auf dem Boden. Aus den nebenanliegenden Kerkerzellen ertönen Schreie, und hier und da ein Flennen um Erbarmen. Man hört gemeines Lachen.

[*Zwei Agenten der DGS treten durch die Kerkertür herein.*]

ERSTER AGENT — Es wird Zeit, dass du dein Geständnis unterschreibst. [*schaut auf den regungslos liegenden Körper auf dem Boden:* — Was ist denn mit dem da?

ZWEITER AGENT — Der ist hinüber. Der Teufel persönlich hat ihn sich geholt! Er hat wohl einen Herzinfarkt erlitten. Unser letztes Gespräch ist ihm nicht sonderlich bekommen. --

[*Lacht.*]

ERSTER AGENT — Merkt man am Gestank! Lass ihn noch ein, zwei Tage liegen. --- Damit sich unser Freund hier darauf einstellen kann, was ihn in Bälde erwartet.

[*Lacht.*]

GUILHERME VASCONCELOS — Witzig!
ZWEITER AGENT — Halt das Maul, du Stück Scheiße!

[*Er versetzt Guilherme einen Kinnhacken, der kreischt kurz auf.*]

ZWEITER AGENT — Du hältst dich wohl für ganz schlau, was?

[*Der erste Agent macht die Schreibtischlampe an. Es ist ein grelles Licht. Der zweite Agent greift Guilherme in die Haare. Er zieht Guilhermes Kopf an den Haaren, bis deren Augen in das grelle Licht starren.*]

ERSTER AGENT — Na was ist du Superheld! Lass uns zusammen die Namen deiner Freunde durchgehen!

GUILHERME VASCONCELOS — Ich erinnere mich an nichts! Ich kann mich an keine Namen erinnern! --- Wer? --- Ich habe keine Freunde!

ERSTER AGENT — Ach nee? Kannst du nicht? [*guckt höhnisch auf seinen Kollegen:* — Hast du gehört: er erinnert sich an nichts! [*zu Guilherme:* — Du möchtest uns wohl verarschen, was?!

GUILHERME VASCONCELOS — Würde mir nie in den Sinn kommen!

[*Wutentbrannt verprügelt der zweite Agent Guilherme, bis dieser aus Mund und Nase blutet.*]

ERSTER AGENT — Du bist doch ein Bolschewik, oder nicht? Wie heißen die anderen? Einige kennen wir ja schon. ---

[*Nimmt ein Papier vom Tisch und fängt an vorzulesen.*]

ERSTER AGENT — Marta Figueiredo, Júlio Oliveira, Rodrigo Veríssimo...

GUILHERME VASCONCELOS [*hastig-überstürzt:* — Nein! Die kenne ich nicht. Ich weiß von nichts! Das müssen Faschisten sein!

[*Guilherme Vasconcelos spuckt auf den Boden. Der zweite Agent sieht rot. Er hebt Guilherme aus dem Stuhl und wirft ihn zu Boden. Er tritt mit aller Gewalt auf Guilherme ein.*]

ZWEITER AGENT [*während er zutritt:* — Was glaubst du, mit wem du hier sprichst? Du Einfaltspinsel! Was sind das für Manieren, mir vor die Füße zu spucken? Glaubst du, du bist hier bei dir zu Hause?

ERSTER AGENT — Das reicht! Das reicht! Der hat genug! Vergiss nicht, dass der noch vor Gericht erscheinen muss!

ZWEITER AGENT — „Ein halbes Dutzend Schläge zur rechten Zeit" haben noch keinem geschadet![34] Im Übrigen habe ich keine Angst. Vor dem Herrn Richter! Der soll sich mal lieber vor uns in Acht nehmen! Es gibt nur einen, vor dem wir Rechenschaft abzulegen haben! Nur einen! Vor niemandem sonst!

[*Er hält endlich von Guilherme ab, der inzwischen das Bewusstsein verloren hat. Das Licht geht aus.*]

[*Vorhang.*]

Zweite Szene
»... und nichts als die Wahrheit«

Wir befinden uns wieder im gleichen Gerichtssaal des Tribunal da Boa Hora wie schon zuvor in der Ersten Szene, der Ersten Farce. Das Licht im Raum ist heller als zuvor, denn es ist Tag. Es ist jedoch ein kaltes Licht, das auf die Bühne fällt. Ein eingerahmtes Bild von seiner Exzellenz, dem verstorbenen Herrn Prof. Dr. Antonio de Oliveira Salazar, hängt an der Wand, gleich hinter dem Richterpult.

[Eine kleine Gruppe von Leuten wurde zugelassen, dem Prozess auf den Publikumssitzen des Gerichtssaals beizuwohnen. Ein Mann in einer grauen Polizeiuniform sitzt auf der Anklagebank. Die Personen im Publikum flüstern sich etwas zu. Niemand lacht. Da es keinen Grund zum Lachen gibt. Der Richter tritt ein. Ein dicker, unangenehmer Mann. Er trägt einen dunklen Anzug, eine weiße Krawatte und eine schwarze Robe. Er trägt keine Augenbinde und benötigt keine Waage. Ihm zur Seite steht nur das Richtschwert, welches er streng zu nutzen gedenkt. Alle schweigen plötzlich. Mit dem Eintritt des Richters, stehen alle auf. Der Richter möchte sich gerade setzen, als er die Nelken bemerkt, die seit der Zweiten Szene der Ersten Farce auf dem Boden nahe des Bühnenrandes verstreut liegen. Er geht zu den Nelken, zertrampelt sie, und wischt sie mit den Füßen von der Bühne. Dann endlich setzt er sich an das Richterpult. Alle setzen sich. Mit Ausnahme des Angeklagten.]

RICHTER — Beschuldigter, Sie dürfen sich setzen!

[Der Polizist António João dos Ramos setzt sich.]

RICHTER — Am Ende dieses Verfahrens liegt es an mir, eine Entscheidung im Prozess [*liest vor:* — Rafael Eduardo Barros gegen den Polizisten António João dos Ramos zu fällen. --- Der verstorbene Rafael Eduardo Barros war der Sohn der Witwe Maria Amália Ramalhos. --- Rafael Eduardo Barros war zweiundzwanzig Jahre alt; Student am Institut für Wirtschafts- und Finanzwissenschaften der Technischen Universität Lissabon und schloss sich am 10. April des laufenden Jahres einer kriminellen Bande an. Wie sich herausstellte, war es deren Absicht, einen unbescholtenen Bürger, Manuel Fernandes e Castro, Beamter im öffentlichen Dienst, zu verurteilen und anschließend zu lynchen. Zu diesem Zweck entführten sie ihn und beschuldigten ihn, ein inoffizieller Mitarbeiter der Geheimpolizei für Staatssicherheit zu sein. --- ---

[*Der Richter setzt seine Lesebrille ab und legt sie auf das Pult. Wendet sich dem Publikum zu.*]

RICHTER — Ich habe die Pflicht, unmissverständlich zum Ausdruck zu bringen, dass der Rechtsstaat keine solchen Zuwiderhandlungen dulden kann! Die Zeiten der Lynchjustiz haben wir Gott sei Dank hinter uns gelassen! Mehr noch ging es bei diesem Akt, der Selbstjustiz, nicht darum, Gerechtigkeit auszuüben, sondern eher um das Gegenteil, nämlich ein Verbrechen zu begehen! Alle, die an der Verschwörung gegen Herrn Manuel Fernandes e Castro, wie ich erneut klar feststellen möchte – einen ehrlichen Bürger – beteiligt waren, werden in absehbarer Zeit nach den gesetzlich festgelegten Verfahren strafrechtlich verfolgt und zu schweren Haftstrafen verurteilt!

[*Will seine Brille wiederaufsetzen, um weiterzulesen, hält aber noch einmal kurz inne.*]

RICHTER — Dies wird all denjenigen als Exempel dienen, die meinen, das Gesetz in die eigene Hand nehmen zu dürfen. Dank der Härte des Gesetzes werden sich solche Fälle in der Zukunft nicht mehr wiederholen!

[*Setzt sich die Brille auf die Nasenspitze.*]

RICHTER — Die Polizei wurde gegen 22.00 Uhr von der Zeugin Maria da Conceição Perestrelo, die des Nachts ihren Hund ausführte und damit aus purem Zufall und aus einiger sicherer Entfernung der Entführung von

Manuel Fernandes e Castro beiwohnte, informiert. Dabei gab sie an, zwei Gestalten beobachtet zu haben, die einem Mann, wie sich herausstellte: Manuel Fernandes e Castro, gewaltsam einen Kartoffelsack auf den Kopf gestülpt und ihn auf brutalste Weise zusammengeschlagen zu haben. Bis er aufhörte, sich zu wehren. – Die beiden Verbrecher wurden bereits ordnungsgemäß identifiziert und befinden sich derzeit in Caxias in Haft. – Frau Perestrelo bezeugte weiter, wie die drei Männer in dieses Gerichtsgebäude hineingingen. Hier haben sie unter der Leitung eines uns gut bekannten Aufrührers und Staatsfeindes, Guilherme Vasconcelos, Student an der Juristischen Fakultät der Universität Lissabon, mit Manuel Fernandes e Castro kurzen Prozess machen wollen. Das jedoch konnte durch den beherzten Einsatz der Polizei rechtzeitig verhindert werden.

[*Wendet sich an den Angeklagten.*]

RICHTER — Herr António Dos Ramos, ich bitte Sie, uns erneut das daraufhin Vorgefallene zu schildern!

ANTÓNIO JOÃO DOS RAMOS [*erhebt sich:* — Als wir den Gerichtssaal stürmten, wurden ich und meine Kollegen aufs Schlimmste beschimpft und beleidigt. Man hat uns tätlich angegriffen. Die Rebellen haben versucht, uns mit Faustschlägen und Tritten zu überwältigen. Einer unter ihnen hat sogar versucht, uns mit einem Messer zu bedrohen. Mich hatten die Dissidenten feige von hinten gepackt und hielten mich an den Armen fest. Ich konnte mich jedoch befreien und meine Pistole, eine Walther P38, 9-Millimeter, aus dem Gürtelholster ziehen. Ich habe mit der Waffe in die Luft geschossen. Dabei muss sich wohl eine Kugel verirrt und den Studenten Rafael Eduardo Barros in den Bauch getroffen haben.

RICHTER — Richtig! – Sie dürfen sich wieder setzen! – Nach Prüfung und Beurteilung der Sachlage, steht ohne jeden Zweifel für das Gericht fest, dass der Polizist, Herr António João dos Ramos, nicht exzessiv Gewalt angewandt hat, wie von der Familie des zu Tode gekommenen Studenten und diversen Zeugen böswillig unterstellt worden ist. Alle diese [*verächtlich*: — Zeugen hatten sich an der Entführung von Herrn Manuel Fernandes e Castro beteiligt und sich damit selbst strafbar gemacht. Neben Entführung und versuchter Lynchjustiz haben sie sich zusätzlich der kriminellen Vereinigung zu verantworten. Herr António João dos Ramos hat sich bloß selbst verteidigt sowie einen unbescholtenen Bürger aus der Hand von Terroristen befreit! Es handelte sich unzweifelhaft um einen tödlichen Unfall, der aus meiner Sicht, jedoch nicht zu bedauern ist!

[*Einige der Anwesenden in der Zuschauertribüne fangen an zu Husten, wieder andere räuspern sich. Der Richter sieht sie streng an und verkündet das Urteil unbeeindruckt weiter.*]

RICHTER — ... Ein Unfall, der nicht zu bedauern ist, da Rafael Eduardo Barros sich freiwillig dieser kriminellen Gruppierung angeschlossen hat, deren erklärtes Ziel es war, das Opfer, Manuel Fernandes e Castro, zu ermorden! Der Polizeibeamte, António João dos Ramos, hat daher in Notwehr sein eigenes Leben und das des Entführten verteidigt! --- In Anbetracht der hier vorgelegten Fakten, verkünde ich nun den Rechtsspruch. Herr António João dos Ramos, erheben Sie sich!

[*António João dos Ramos steht von seinem Platz auf.*]

RICHTER — Es ergeht folgendes Urteil im Namen des Vaterlandes! Der Polizeibeamte, António João dos Ramos, ist von der hier vor Gericht verhandelten

Beschuldigung, exzessiv Gewalt angewandt zu haben, freizusprechen! --- Die Prozesskosten trägt Maria Amália Ramalhos!

MARIA AMÁLIA RAMALHOS [*erhebt sich unaufgefordert von ihrem Platz unter dem Publikum im Gerichtssaal* — Mein Sohn ist gestorben! Und alle wissen warum! Weil er Mitglied des verbotenen und im Untergrund agierenden marxistisch-leninistischen Studentenverbands war! Und weil er im Namen eben dieser studentischen Bewegung, des Komitees des antikolonialen Widerstands, vorsaß, dessen Zusammentreffen mit Gewalt von der Polizei gesprengt worden ist. Mit Knüppeln haben die Polizisten auf die Studenten eingeschlagen! Einige von ihnen wurden sogar von der Polizei aus dem Fenster des dritten Stocks geworfen, wo sich das Komitee in der juristischen Fakultät der Universität Lissabon versammelt hatte! Rafael wurde seinerzeit zusammen mit anderen Mitgliedern des Komitees verhaftet und ohne angeklagt zu werden verurteilt. Er hatte bereits in Aljube[35] eingesessen, weil er an einer Demonstration gegen den Vietnamkrieg teilgenommen hatte. Die Polizei kannte ihn nur zu gut. Schon als Schüler im Camões Lyzeum[36] hatte er seine Mitschüler aufgerufen, nicht die Uniformen der faschistischen portugiesischen Jugend[37] zu tragen und deren Zusammenkünfte zu boykottieren. Bereits seitdem stand sein Name auf der schwarzen Liste der PIDE. Seitdem wurde er permanent bespitzelt und der staatlichen Willkür und Verfolgung ausgesetzt! Der hier soeben freigesprochene Polizeibeamte hat keine Warnschüsse in die Luft gefeuert, wie hier behauptet und beteuert worden ist, sondern er hat Rafael gezielt und aus nächster Nähe in den Bauch geschossen! Wir alle wissen, dass es sich so und nicht anders zugetragen hat! Dieser Polizist ist ein Mörder! Und Sie, Herr Richter, haben sich soeben zu seinem Komplizen gemacht! --- Aber Ihre Stunde wird schlagen! Sie werden sich vor einem höheren Richter zu verantworten haben! Vor Gott dem Herrn! --- Gott allein ist gerecht!

[*Pause.*]

MARIA AMÁLIA RAMALHOS [*richtet ihr Antlitz himmelwärts:* — Gott der Rache, Herr, Gott der Rache, strahle hervor, erhebe dich, Richter der Erde, vergilt den hochmütigen Tun, bis wann werden diese Gottlosen frohlocken, übersprudeln freches reden, werden sich rühmen die Übeltäter? Dein Volk, Herr, zertreten sie... Aber der Herr wird sein Volk nicht verstoßen, -- denn zur Gerechtigkeit wird zurückkehren das Recht und hinter ihm her alle, die vom Herzen aufrichtig sind. -- [*zeigt mit dem Finger auf den Richter:* — Sie rotten sich gegen die Seele des Gerechten zusammen und schuldiges Blut erklären sie für unschuldig. Doch der Herr wurde mir zur Burg, mein Gott zum Fels meiner Zuflucht. Er lässt ihre Ungerechtigkeiten auf sie zurückfallen, und in ihrer Bosheit wird er sie vertilgen. Vertilgen wird sie der Herr, unser Gott! -- [*zeigt erneut auf den Richter, doch diesmal drohend:* — Du sollst dich fürchten vor meinem Gott!

[*Die Anwesenden im Publikum des Gerichtssaals protestieren. Einige unter ihnen pfeifen und buhen den Richter aus. Sie sitzen weiterhin auf ihren Stühlen und schauen sich gegenseitig auffordernd an. Sie beginnen, mit den Füßen auf dem Boden zu stapfen. Zuerst ist es nur einer, dann zwei, dann sind es alle zusammen. Der Richter schlägt mehrmals mit seinem Hammer kräftig auf den Tisch. Er fordert Ruhe ein.*]

RICHTER [*außer sich vor Wut:* — Ruhe! -- Ruhe im Gerichtssaal! Ich lasse den Saal räumen! Sie haben das Urteil anzuerkennen! Hier wird Recht gesprochen!

[*Das Publikum im Gerichtssaal hört nicht auf, mit den Schuhsolen auf dem Bühnenboden zu stapfen.*]

RICHTER [*ruft laut:* — Wache! Wache! Ich lasse den Saal räumen!

[*Das Licht geht langsam aus. Das Stapfen wird nun zu einem Marsch. Nun hört man von draußen ebenfalls Marschieren. Das verbotene Lied von Zeca Afonso:* „Grândola, vila morena",[38] *welches von Brüderlichkeit und Gleichheit handelt, ertönt als Signallied aus einem Radio. Die Streitkräfte besetzen die Straßen und Regierungsgebäude. Die Nelkenrevolution[39] ist im vollen Gange. Das Licht geht wieder an. Es ist heller als zuvor. Wärmer als zuvor. Inzwischen ist das Publikum im Gerichtssaal aufgestanden. Sie stapfen weiterhin auf dem Holzboden und haben ihre Hand mit Stolz und Würde auf ihr Herz gelegt, als würde es sich bei dem Lied um die Nationalhymne handeln. Nun zögert der Richter. Er sieht ein, dass sich der Wind gedreht hat. Auch er legt sich die Hand aufs Herz und tut so, als ob er immer schon für die in Kürze ausgerufene, demokratische Republik und Freiheit eingetreten ist.[40] Er geht sogar auf das Bild von António de Oliveira Salazar zu und hängt es von der Wand ab.[41] Er wendet sich nun dem Theaterpublikum zu. Und verbeugt sich, leicht opportunistisch. Vor dem Volk.*]

[*Vorhang.*]

— Ende —

Fünfzehn Punkte zum Stück

»Gott allein ist gerecht«

(Römer 3: 29)

1. Dieses Stück ist eine »Tragödie«.
2. Eine »Tragödie« in zwei »Farcen«.
3. Eine »Tragödie« ist ein Trauerspiel.
4. Jedes gesprochene Urteil in einer Diktatur ist ein Trauerspiel.
5. Die Despoten und ihre Paladine maskieren und verstellen sich.
6. Somit missversteht das gemeine Volk deren Absichten und Identitäten.
7. Wie es in einer »Farce« allgemein geschieht.
8. Nur ist diese »Farce« nicht zum Lachen.
9. Diese Art der »Gerichts-Farce« ist tragisch. Zum Heulen und Wehklagen.
10. Tragisch und ungerecht ist es, Selbstjustiz ausüben zu müssen.
11. Tragisch ist es, einen Unschuldigen zu verurteilen!
12. Ungerecht ist es, einen Schuldigen freizusprechen!
13. Tragisch und ungerecht ist es ebenso, dass man sich einbildet, Gerechtigkeit kaufen zu können.
14. Wie es zur Zeit der Diktatur so oft geschah!
15. Wie es auch heute noch so oft geschieht! --- Oder gibt es in der Demokratie etwa keine »Farcen« mehr?

Nachwort
»... doch vom Baum der Erkenntnis
von Gut und Böse
darfst du nicht essen«
(Genesis 2: 17)

Dieses Jahr markiert den 50. Jahrestag, an dem die Nelkenrevolution den portugiesischen Faschismus (*Estado Novo*) friedlich zu Fall brachte.

Fünfzig Jahre sind vergangen, in denen oft nur eine halbherzige Aufarbeitung der antidemokratischen Herrschaft Salazars und zuletzt Caetanos vollzogen wurde.

Allen Festreden zum Trotz, die immer wieder am 25. April, dem portugiesischen Nationalfeiertag, gehalten werden und in denen immer wieder auf die Gefahr von Rechts aufmerksam gemacht wird, hat bei den letzten Wahlen im März dieses Jahres die radikal rechte Chega-Bewegung[42] zulegen können. Insgesamt 50 Abgeordnete dieser EU-kritischen Partei sitzen nun im Parlament. 1926 musste sich die Militärdiktatur noch an die Macht putschen. Heute, fünfzig Jahre nach dem Untergang des *Estado Novo*, wählt das Volk (über 1 Millionen Menschen, mehrheitlich Jugendliche) freiwillig eine rechtspopulistische Partei, die keine Lust mehr hat, Demokratie zu spielen.

Die Sehnsucht nach autoritärer Ordnung, die zum Teil verständliche Wut der Bürger auf unsere Politiker, die sich nicht mehr an Wahlversprechen gebunden sehen und immer wieder in Korruptionsvorwürfen, peinlichem Nepotismus und anderen Kungelein verstrickt zu sein scheinen, tragen dazu bei, dass viele Protest wählen.

Wofür aber steht der Faschismus, dem die Protestwähler bereitwillig ihre Stimme geben? Gerade weil sich die Spuren des Faschismus in den letzten fünfzig Jahren durch eine akute Amnesie verwischen ließen, ist es vielen jungen Leuten, die die Gnade der späten Geburt genießen, häufig nicht mehr möglich, historische, soziale und politische Zusammenhänge zwischen damals und heute zu erkennen. Das ist sicherlich nicht nur in Portugal der Fall. Um dem entgegenzuwirken erscheint nun erneut, (warnend und mahnend), mein ins Deutsche übersetztes Lesestück *Die Todesvögel Salazars*, welches inzwischen auch auf Englisch (*Salazar's Angels of Death*) erschien und sich der Vergangenheitsaufarbeitung des portugiesischen Faschismus verschrieben hat. Der Text lässt sich jedoch auch als allgemeingültigen, universellen Aufruf gegen Despotismus, Tyrannei und Gewaltherrschaft auslegen. Ich hege die Hoffnung, hiermit über den literarischen Weg zu einer konstruktiven Debatte über den Faschismus in Europa und in der Welt beitragen zu können.

Die Demokratie, als Produkt des Menschen, kommt nicht um ihre eigene Mangelhaftigkeit herum. Und doch ist die Volksherrschaft bislang die beste Form der Obrigkeit, wenn man sie mit allen bislang bekannten Regierungsformen vergleicht. „Die Demokratie", so das berühmte Zitat von Sir Winston Churchill, „ist die schlechteste aller Staatsformen, mal abgesehen von allen anderen".

Miguel Araújo Oliveira
Lissabon, 2024

Anmerkungen
»... so will ich dir antworten und will dir kundtun große und unfassbare Dinge, von denen du nichts weißt«

(Jeremia 33: 3)

---

[1] Das Tribunal *da Boa Hora* war während der Diktatur berüchtigt, den Angeklagten keinen fairen Prozess zu machen. Viele wurden unschuldig verurteilt, ohne das Recht auf Verteidigung. Etliche Rechtsanwälte wurden eingeschüchtert oder erpresst, um ihre Mandanten ihrem Schicksal zu überlassen.

[2] Das Akronym PIDE steht für *Polícia Internacional e de Defesa do Estado* (Internationale Polizei und Staatsschutz). Die PIDE wurde 1945 nach dem Vorbild des *Scotland Yard* formiert. Sie übernahm die Funktion der bereits 1933 gegründeten *Polícia de Vigilância e Defesa do Estado* (Polizei für Überwachung und Staatsschutz, kurz PVDE) deren Agenten ihrerzeit, unter anderen, von der GESTAPO in der Anwendung von Foltertechniken ausgebildet worden waren. Obwohl die PVDE 1945 aufgelöst wurde, hieß das nicht, dass ihre Agenten wieder ins zivile Leben zurückkehrten. Viel eher wurden diese in der neu ausgerichteten PIDE aufgefangen und gingen weiterhin brutal ihrem Geschäft nach, während der Leiter der PVDE, Kapitän Agostinho Lourenço 1956, auf Empfehlung Großbritanniens, zum Präsident von Interpol berufen wurde. Die PIDE war von 1945 an befugt, sich ohne Durchsuchungsbeschluss Zugang in private Haushalte zu verschaffen, willkürlich Beschlagnahmungen, Verhaftungen und Folterungen durchzuführen, sowie Abhöranlagen zu installieren. Das Briefgeheimnis galt für die PIDE nicht. Unterstützt wurde die PIDE von einem besonnen eingerichteten Informationsnetz, das aus inoffiziellen Mitarbeitern bestand, die die Bevölkerung ausspionierten und die Gegner des Regimes an die PIDE meldeten beziehungsweise sie der Organisation auslieferten.

[3] Der Henrique Mendonça Palast befindet sich in der Straße (*Rua*) Marquis de Fronteira und wurde 1909 von dem portugiesischen Architekten Miguel Ventura Terra erbaut. Dom Fernando José Costa Mascarenhas war der zwölfte und vorletzte Marquis de Fronteira. 1989

hat er eine Stiftung gegründet, die seitdem ein eigenes Kulturprogramm aufstellt und sich der Geschichte, Kunst, Literatur und Philosophie widmet. Das Haus kann an bestimmten Tagen besucht werden.

[4] Die Zensurbehörde im Land verbat das Lesen von kommunistischen Schriften, da sie der sozialpolitischen Weltanschauung der Faschisten widersprachen. Einige Büchereien baten, unter Eingehen eines Risikos, illegale Kopien der Bücher Lenins unter seinem wahren Namen Wladimir Iljitsch Uljanow an, der den meisten in Portugal, sogar zeitweise den Zensoren selbst, unbekannt war.

[5] Die hier geschilderte Szene basiert auf Aussagen einer Zeitzeugin, die der Autor für sein Buch 2004 interviewen durfte. Sie erinnerte sich, dass Anfang der Fünfzigerjahre eine ihrer Kommilitoninnen an der Klassischen Universität Lissabon verdächtigt wurde, politisch gegen das Regime aktiv gewesen zu sein. Weil beide miteinander befreundet waren, wurde auch die Zeitzeugin überwacht, obwohl gegen diese nichts vorlag. Ihre Wohnung wurde, wie im dramatischen Text beschrieben, durchsucht. Auch ließ man die Zeitzeugin bewusst wissen, dass sie überwacht wurde. Die Zeitzeugin verstarb 2016 auf der Insel Madeira, ohne jemals erfahren zu haben, was aus ihrer Studienfreundin geworden war.

[6] Während der Diktatur war das Streiken streng verboten und wurde als Verbrechen geahndet. Streiks wurden von der Bereitschaftspolizei gewaltsam beendet und hatten drakonische Maßnahmen zur Folge, wie die Verfolgung, Verhaftung, Folterung und in einigen Fällen sogar die Ermordung der Rädelsführer.

[7] In der Straße (*Rua*) António Maria Cardoso, Nr. 18-26, befand sich seinerzeit das Hauptquartier der PIDE. Nach dem Sturz des Regimes wurde das Gebäude saniert und in einen Wohnkomplex umgebaut. Viele ehemalige Opfer und ihre Nachfahren haben gegen diese Neusanierung protestiert. Man forderte die Errichtung eines Museums, das an die Opfer erinnern sollte, doch die damalige Stadtverwaltung lehnte dies kategorisch ab und gab grünes Licht für die Einrichtung von Luxusapartments. Die politische Verweigerung, der Opfer zu gedenken, steht exemplarisch für die sich so häufig schwierig darstellende Vergangenheitsaufarbeitung bzw. die in Portugal vorherrschende Erinnerungskultur, die eigentlich, bis noch vor kurzem, einer Verdrängung der Erinnerung gleichkam. So ist es z.B. sehr bedauerlich, ja schon beschämend, dass die Anerkennung des Nationalhelden

Aristides de Sousa Mendes mit der Aufnahme eines leeren Sarges in das nationale Pantheon (dem Ort, an dem die ehrbaren Portugiesen, die sich zu Lebzeiten rühmlich hervorgetan haben, ihre letzte Ruhestätte finden) erst 2021 geschah und damit über ein halbes Jahrhundert nach dem Tod von Sousa Mendes. Dabei hatte man Aristides de Sousa Mendes bereits 1966 in der Holocaustgedenkstätte *Yad Vashem* in Jerusalem den Ehrentitel „Gerechter unter den Völkern" verliehen. Sousa Mendes, der das Amt des portugiesischen Generalkonsuls in Bordeaux innehatte, begann 1940 Visa an ausnahmslos alle zu vergeben, die es bei ihm beantragten. Das portugiesische Visum garantierte jedem (unter anderen vielen Juden und Staatenlosen) die unbehelligte Ausreise aus den noch durch Nazideutschland unbesetzten Gebieten Frankreichs über Spanien bis nach Portugal. Damit rettete Sousa Mendes circa 30.000 Flüchtlingen das Leben, weswegen man ihn häufig auch den „portugiesischen Schindler" nennt. Hiermit widersetzte sich der Generalkonsul einem Dekret Salazars, das es verbat, Visa für Nicht-Portugiesen auszustellen. Sousa Mendes verteidigte seine Entscheidung mit dem Satz: „Wenn ich den Gehorsam verweigern muss, so ziehe ich es vor, mich einer Weisung der Menschen, als einer Weisung Gottes zu verweigern." Der „Konsul von Bordeaux", wie man ihn heute nennt, wurde sofort und auf Geheiß Salazars unehrenhaft aus dem Diplomatenkorps entlassen und verstarb 1954 mittellos in Lissabon. 1986 forderte die *New York Times* in einem Artikel die portugiesische Regierung auf, Sousa Mendes posthum zu rehabilitieren. Die Wiederherstellung seiner verletzten Ehre und Rechte sollte ihm jedoch nur 1988 durch das portugiesische Parlament bewilligt werden. 1986, einige Monate nach dem Erscheinen des Artikels in der *New York Times*, verlieh der damalige Präsident der Republik Portugal, Mário Soares, Aristides de Sousa Mendes das Offizierskreuz des Freiheitsordens, eine zwar wichtige, doch vergleichsmäßig geringe Ehrerbietung. Erst 1995, erneut unter der Präsidentschaft des Sozialisten Mário Soares, erhielt Sousa Mendes die zweithöchste Auszeichnung des Christusordens. Schließlich entschied sich 2016 auch der frisch gewählte konservative Präsident der Republik, Marcelo Rebelo de Sousa, auf einer Amerikareise, Aristides de Sousa Mendes 2017 mit dem Großkreuz des Freiheitsordens zu ehren. Die portugiesische Presse feierte mehrheitlich den Entschluss, erinnerte aber in vielen Artikeln, dass die verschiedenen Würdigungen seitens des Staates mit einigen Jahrzehnten Verspätung kämen.

[8] *A bem da nação* („zum Wohl der Nation") war eine Floskel der portugiesischen Propaganda, die häufig von Staatswegen auch als

Verabschiedung in offiziellen Briefen benutzt wurde. Mit ihr implizierte man, dass sich die ergriffenen Maßnahmen positiv auswirken und somit dem Wohle des Volkes dienen würden.

[9] UNITA steht für *União Nacional para a Independência Total de Angola* (Nationale Union für die totale Unabhängigkeit Angolas). Die Bewegung wurde 1966 unter anderen von Jonas Savimbi gegründet und setzte sich das Ziel, sich von der portugiesischen Kolonialherrschaft mittels eines Guerillakrieges zu befreien. Die Unabhängigkeit Angolas wurde 1974 erreicht. Die UNITA wurde jedoch nicht aufgelöst, sondern besteht weiterhin, als politische Partei.

[10] FRELIMO steht für *Frente de Libertação de Moçambique* (Mosambikanische Befreiungsfront). Die Front wurde bereits 1962 von Eduardo Mondlane und Samora Moisés Machel gegründet, um den bewaffneten Widerstand gegen das Mutterland Portugal zu organisieren. Portugal entließ Mosambik erst 1975 in seine Unabhängigkeit. Seitdem hat sich die FRELIMO von einer anfänglich marxistischen in eine heute sozialistische Partei gewandelt.

[11] *Colónia Penal do Tarrafal* war eine Strafkolonie auf der Insel Santiago in Kap Verde, die 1936 gegründet worden war, um Oppositionelle wie die Mitglieder der kommunistischen bzw. sozialistischen Bewegungen aus der Metropole Lissabon zu entfernen. Die Haftbedingungen waren hart, so dass das Lager schnell den Spitznamen *Campo da morte lenta* (Lager des schleichenden Todes) erhielt. Wegen mangelnder medizinischer Betreuung starben viele Inhaftierte elendig an subtropischen Seuchen wie Malaria, aber auch an Unterernährung und an den Folgen der unmenschlichen Arbeitsbedingungen in den Steinbrüchen. Der Lagerdirektor eiferte den deutschen Konzentrationslagern unter Adolf Hitler nach und soll seine Aufseher und Foltermeister im KZ Dachau ausgebildet haben lassen. In den neunzehnhundertsechziger Jahren wurde das Lager dann in *Campo de Trabalho do Chão Bom* (Arbeitslager des guten Bodens) umbenannt. Von nun an bis zu seiner Befreiung 1974 wurden die Unterstützer der Unabhängigkeitsbewegungen aus den portugiesischen Territorialkolonien in dem Lager gefangengehalten.

[12] Tatsächlich gab es viele Fälle, in denen Unschuldige verhaftet wurden. Als z.B. am 4. Juli 1937 ein Bombenattentat auf Dr. António de Oliveira Salazar fehlschlug, wurde eine Vielzahl an Personen in Untersuchungshaft genommen. Die PIDE musste schnelle Erfolge

vorweisen und nahm dabei in Kauf, auch Unschuldige zu verhaften und zu foltern. Unter den Gefangenen war auch der Maler José Lopes da Silva, dem man vorwarf, mit dem Attentat in Verbindung zu stehen. Da Silva wurde erbarmungslos gefoltert, wobei bis heute unklar ist, ob er an den Folgen der Folter starb, oder ob er sich selbst aus Verzweiflung in der Zelle das Leben nahm. José Lopes da Silva wurde nur 29 Jahre alt. Nach einer neueren, historischen Aufarbeitung des Attentats steht fest, dass José Lopes da Silva keine Beteiligung vorzuwerfen ist.

[13] Zitat, welches von dem Diktator Dr. António de Oliveira Salazar stammt.

[14] Ein weiteres Zitat von António de Oliveira Salazar.

[15] Zitat, welches Marcello Caetano, dem Amtsnachfolger Salazars, zugeschrieben wird (obgleich bezweifelt werden darf, dass Caetano sich exakt so geäußert habe).

[16] Anspielung auf das Zitat von Marcello Caetano: „Ohne unsere Überseekolonien sind wir der Bedürftigkeit ausgesetzt, das heißt von der Wohlfahrt der reichen Nationen abhängig. Es ist also lächerlich, weiter über die nationale Unabhängigkeit zu sprechen. Für eine Nation, die kurz davor stand, sich in eine kleine Schweiz zu verwandeln, war die Revolution der Anfang vom Ende. Nun bleiben uns nur noch die Sonne, der Tourismus, chronische Armut und die Remissionen unserer Auswanderer, aber nur solange sie anhalten. Rohstoffe werden wir jetzt von den Mächten erwerben, die sie sich einverleibt haben, zu dem Preis, den die großen Verkaufsanbieter festlegen. Dies ist der Preis, den die Portugiesen für ihre Illusionen von Freiheit werden zahlen müssen."

[17] Die portugiesische Währung der Zeit bestand aus dem *Escudo*, der wiederum in *Centavos* unterteilt war.

[18] Die Festung von Peniche (*Forte de Peniche*) wurde 1558 unter der Regentschaft Königs *Dom* João III erbaut, um die Region gegen Piraten zu schützen. Während der Diktatur wurde die Festung in ein Hochsicherheitsgefängnis umgebaut, in welches politische Oppositionelle gebracht und regelmäßig gefoltert wurden. Nach dem Untergang des Regimes sollte aus dem Fort ein Hotel entstehen. Nach einer Welle der Empörung in der Bevölkerung gab die Politik letztendlich nach. Aus dem Fort wurde ein Nationalmuseum, welches heute an den Widerstand erinnert.

[19] Das *Armazéns do Chiado* ist ein Handelszentrum im Altstadtviertel Lissabons.

[20] *Prisão do Forte de Caxias* (Festungsgefängnis) liegt in Oeiras und wurde 1879 als Verteidigungsstützpunkt erbaut. In den Neunzehnhundertsechzigerjahren wurde aus dem Fort ein Hochsicherheitsgefängnis, in dem Gefangene gefoltert und verhört wurden. Bis heute ist es eine Haftanstalt.

[21] DGS (*Direcção Geral de Segurança*) steht für Generaldirektorat für Sicherheit und war die Institution, die 1969 die PIDE ersetzte. 1968 übernahm Marcello Caetano das Amt des Diktators von Salazar, weil dieser wortwörtlich vom Stuhl gefallen war und sich von diesem Sturz nicht mehr erholen sollte. Caetano war sich sehr wohl bewusst, dass die Reputation der PIDE schlecht war. Sie galt in der Bevölkerung als blutrünstig. Willkür war an der Tagesordnung. Um bei der Amtsübernahme das Volk zu besänftigen und den Anschein eines neuen Frühlings zu erwecken (gemeint war, dass es mehr Freiheiten geben und der Staat nun sozialpolitisch neu aufblühen würde), ließ Caetano die PIDE auflösen und 1969 die DGS als Geheimpolizei einrichten. Die Agenten der PIDE wurden jedoch nicht ersetzt, sondern einfach in die neugeschaffene DGS aufgenommen. Die Funktion der DGS blieb dieselbe sowie ihr *Modus Operandi*. Die Bevölkerung sah sich bald in ihren Hoffnungen betrogen und zog es vor, die DGS weiterhin als PIDE zu bezeichnen, da sie faktisch dieselbe Institution geblieben war. Anfang der Neunzehnhundertsiebzigerjahre wurden die Agenten der DGS dann vom BND (deutschen Bundesnachrichtendienst) und der amerikanischen CIA ausgebildet. Unter anderen brachte die CIA ihren portugiesischen Kollegen bei, wie man die damals in Mode gekommene Droge LSD als Folterinstrument einsetzen konnte.

[22] *Salazarista*: Bezeichnung für die Anhänger Salazars.

[23] *Primavera marcelista* (marcelinistischer Frühling), ein Begriff, der von der faschistischen Propaganda in Umlauf gebracht worden war und implizierte, dass es mit der Machtübernahme Marcello Caetanos liberale Reformen geben würde. Die Wahrheit ist jedoch, dass Caetano weder die Zensur abschaffte, noch vorhatte, die PIDE/DGS wirklich zu erneuern. Auch hatte Caetano nicht vor, die in der Bevölkerung und international viel kritisierten Unabhängigkeitskriege in den Kolonien zu beenden. Auch sah er sich nicht imstande, die grassierende Wirtschaftskrise zu bewältigen. Von der Hoffnung auf Verbesserung, die

von der Propaganda geschürt worden war, blieb am Ende nur die bittere Enttäuschung und Wut auf Caetano, dem man vorwarf, zu viel versprochen, aber nichts getan zu haben, um das Leben der Menschen wirklich und nachhaltig zu verbessern.

[24] *Estado Novo* – Neuer Staat – im euphemistischen Jargon der national-faschistischen Propaganda auch als zweite Republik bezeichnet. Der Begriff stand für die autoritäre Diktatur, die von 1933 bis 1974 in Portugal herrschte. Nach einem Militärputsch 1926, mit dem die erste Republik Portugal (1910-1926) beendet wurde, richtete man im Anschluss eine provisorische Militärdiktatur im Land ein. 1930 beorderte man den Professor für Volkswirtschaft der Universität Coimbra, Dr. António de Oliveira Salazar, nach Lissabon. Man machte ihm das Angebot, Finanzminister des Landes zu werden. Nur zwei Jahre darauf nahm Salazar das Amt des Premierministers an und formulierte eine neue Verfassung aus, die 1933 ratifiziert wurde und damit eine neue Staatsform, die des *Estado Novo* langfristig legitimierte. Von nun an gab es nur noch eine Partei, die *União Nacional* (Nationale Union). Alle Gruppierungen der Opposition mussten aufgelöst werden und wurden verboten. Als Repressionsmittel wurde eine Geheime Staatspolizei [anfänglich die PVDE (1933-1945), später die PIDE (1945-1969)] gegründet. Die bereits seit der ersten Republik bestehende Pressezensur wurde ausgeweitet, während die Meinungsfreiheit weiter eingeschränkt wurde. Um die Staatsschulden abzubauen, verhängte Salazar strikte Sparauflagen. Die Probleme des Landes, wie die fortwährende akute Armut der Bevölkerung und deren Analphabetismus, wurden von der Diktatur nicht angegangen. Viele Portugiesen wanderten aus, um in anderen Ländern, wie Frankreich, bessere Lebensbedingungen zu suchen. Ab 1968 kamen sie als Gastarbeiter auch nach Deutschland. Ende der Neunzehnhundertfünfzigerjahre strebten die Kolonien des Landes die Unabhängigkeit vom portugiesischen Mutterland an. Salazar entschied sich, diese Bewegungen militärisch niederschlagen zu lassen. Mitte der Sechzigerjahre des zwanzigsten Jahrhunderts protestierten verschiedene Studentenbewegungen nicht nur gegen die hohen Studiengebühren, sondern auch gegen die Kolonialkriege, da viele unter ihnen nicht in den Krieg ziehen wollten. Die Studenten forderten politische Rechte wie Versammlungsfreiheit ein sowie die Abschaffung der Zensur. 1968 fiel Salazar wortwörtlich von seinem Stuhl. Kurz nach dem Sturz erlitt er einen Schlaganfall und verstarb 1970. Im Amt folgte ihm 1968 Marcello José das Neves Alves Caetano, bis dahin Professor an

der juristischen Fakultät der Universität Lissabon. Da die Bevölkerung zunehmend unzufrieden mit der politischen Lage des Landes war, versprach Marcello Caetano Reformen, die man populistisch als den marcelinistischen Frühling feierte. 1969 ließ Caetano die PIDE auflösen und von der DGS ersetzen. Allerdings unterschied sich die DGS in keiner Weise von der PIDE. Auch die in der Bevölkerung umstrittenen Kolonialkriege wurden fortgesetzt. Desgleichen bestand die Zensur weiterhin. Ernüchtert wurde am 25. April 1974 Caetano aus seinem Amt geputscht. Die Bewegung der Streitkräfte (*Movimento das Forças Armadas*) setzte ihn ab. Caetano ging ins Exil und lebte bis 1980 in Rio de Janeiro. Am 26. Oktober 1980 starb Marcello Caetano an einem Herzinfarkt. Er wurde in Rio beigesetzt. Inzwischen hatte man die dritte Republik Portugal ausgerufen, die von einer provisorischen Regierung bis 1975, dem Jahr der ersten freien Wahlen, geführt wurde. 1976 trat eine neue Verfassung in Kraft, die die Zensur großenteils aushebelte. Auch wurden die portugiesischen Kolonien Mitte der Neunzehnhundertsiebzigerjahre in die Unabhängigkeit entlassen.

[25] *Escudo*, portugiesische Währung, die erstmals 1911 während der ersten Republik Portugal (1910-1926) in Umlauf kam und bis 2002 beibehalten wurde. Anfang des neuen Millenniums wurde der *Escudo* vom Euro abgelöst.

[26] Einige der Opfer der PIDE nannten ihre Peiniger *„pássaros-da-morte"*: Todesvögel, wieder andere nannten sie *„anjos da morte"*: Todesengel.

[27] 1961 wurden zwei Studenten verhaftet und zu sieben Jahren Haft verurteilt, weil sie in einem Café mit einem Glas Portwein auf die Freiheit angestoßen hatten. Die Weltöffentlichkeit reagierte damals entrüstet. Ein englischer Rechtsanwalt namens Peter Benenson war so verärgert, dass er am 28. Mai desselben Jahres einen Artikel, mit dem Titel *„The Forgotten Prisoners"* in der Zeitung *The Observer* veröffentlichte. Eine französische Übersetzung des Artikels erschien noch am selben Abend im *Le Monde*. Benenson rief in seinem Artikel dazu auf, man möge den Ungerechtigkeitsregimen auf der Welt einen höflichen, aber bestimmten Brief schreiben, um ihnen die Empörung der freien Welt gegen die Inhaftierung politischer Gefangene zum Ausdruck zu bringen. Ferner sollte jeder in den Briefen die sofortige und bedingungslose Freilassung der Inhaftierten einfordern. Der internationale Druck, so glaubte Benenson, könne zu einer Amnestie der Gefangenen führen. Damit hatte Benenson die Gründung einer

Menschenrechtsorganisation losgetreten, die heute als *Amnesty International* bekannt geworden ist. Bis heute ist es Tradition bei *Amnesty*, Erfolge wie Freilassungen von politischen Gefangenen mit einem Glas Portwein zu feiern und die Freiheit hochleben zu lassen.

[28] Der *Tejo* ist der längste Fluss, der sowohl durch Spanien als auch durch Portugal verläuft und bei Lissabon in den Atlantik mündet.

[29] „*A morte saiu à rua*" („Der Tod macht sich auf die Straße") ein Lied von Zeca Afonso, eigentlich José Manuel Cerqueira Afonso dos Santos, das 1972 erschien. Afonso hatte das Protestlied in Andenken an den portugiesischen Künstler und Bildhauer José Dias Coelho geschrieben, der 1961, wegen seiner kommunistischen Anschauungen, von der PIDE ermordet worden war.

[30] Die Quelle des *Sado* Flusses liegt in dem Gebirge (*Serra*) da Vigia. Er mündet bei Setúbal (in der Nähe von Lissabon) in den Atlantik.

[31] Region im Süden Portugals, die sich für ihre atemberaubende Küstenlandschaft und Badesträenden bei ausländischen wie inländischen Touristen großer Beliebtheit erfreut.

[32] „Zu den Waffen, zu den Waffen." Vers aus dem von Alfredo Keil 1890 komponierten Lied „*A Portuguesa*". Der Liedtext stammt aus der Feder von Henrique Lopes de Mendonça. Die erste Republik erklärte das Lied 1911 offiziell zur portugiesischen Nationalhymne. Der Vers selbst stammte aus der Zeit um 1890, in der die Briten den Portugiesen ein Ultimatum setzten, mit der Aufforderung, Portugal möge die afrikanischen Kolonialgebiete, die sich zwischen Angola und Mosambik befanden, aufgeben und sie der britischen Krone überlassen.

[33] Diese Szene basiert auf verschiedenen Aussagen, die sich auf die Beisetzung des von der DGS am 12. Oktober 1972 ermordeten Studenten José António Ribeiro Santos bezieht. Eine Gruppe von Studenten hatte an der Universität einen Mann beobachtet, von dem sie annahmen, dass er ein Spitzel der DGS sei. Aus einem Jux heraus riefen die Studenten bei der DGS an und teilten der Behörde mit, sie hätten einen Mann in einem Hörsaal eingesperrt, weil er ihnen suspekt vorkam – suspekt, der PIDE anzugehören. Daraufhin wurden zwei bewaffnete Agenten der DGS in die Universität geschickt. Sie forderten die Studenten auf, abzuziehen und ihnen den Mann zu überlassen, den sie unverzüglich und unversehrt ins Freie zu geleiten suchten. Angeblich von der Anzahl an Studenten eingeschüchtert, machte einer der Agenten unvermittelt

Gebrauch seiner Schusswaffe. José António Ribeiro Santos wurde dabei lebensgefährlich verletzt. Auch ein anderer Student wurde von einer Kugel getroffen. Beide wurden ins Krankenhaus gebracht, wo jedoch der 26-jährige Ribeiro Santos seinen Verletzungen erlag. Seine Bestattung, der hunderte von Studenten beiwohnten, wurde von der DGS strengstens überwacht und am Ende, als sie drohte, die Ausmaße einer Manifestation anzunehmen, gewaltsam gesprengt. Heute trägt eine Lissaboner Straße den Namen Ribeiro Santos.

[34] Zitat António de Oliveira Salazars über Polizeigewalt.

[35] *Prisão do Aljube* (aus dem Arabischen *al-jubb*, was so viel heißt wie „Brunnen" oder „Zisterne") war ein berüchtigtes Gefängnis für politische Gefangene, die häufig in Isolationshaft und in völliger Dunkelheit saßen. Seit 2015 ist nach langem politischen Hin und Her das Gebäude in ein Museum verwandelt worden, das an den Widerstand erinnern soll.

[36] *Liceu Camões*, eine 1902 gegründete weiterführende Lissaboner Schule, deren Namensgeber der berühmte portugiesische Dichter Luís Vaz de Camões (geboren um 1524, gestorben um 1579), der Autor der *Lusiaden* (*Os Lusíadas*) war.

[37] Die *mocidade portuguesa* (portugiesische Jugend) wurde 1936 für Jungen und zwei Jahre danach auch für Mädchen gegründet. Genau wie die Hitlerjugend und der Bund Deutscher Mädel unter den Nazis und die *Balilla*, die Jugendorganisation Mussolinis, setzte sich die *mocidade portuguesa* das Ziel, die portugiesische Jugend ideologisch zu indoktrinieren, wobei der katholische Glaube ebenso aufgezwungen wurde, wie die faschistische Anschauung über Vaterland und Familie.

[38] „*Grândola vila morena*" („Grândola braungebrannte Stadt") wohl das bekannteste Lied von Zeca Afonso. Das Lied entstand bereits 1964, konnte aber erst 1971 und nur außerhalb des Landes (in Hérouville, Frankreich) aufgenommen werden. Viele der Lieder von Afonso, der von der PIDE zwischenzeitlich verhaftet, dann aber wieder auf freien Fuß gesetzt worden war, waren in der Heimat bereits verboten und auch „*Grândola vila morena*" entkam der Zensur nicht. Als das Lied dann in der Nacht vom 24. zum 25. April 1974 in der von den Soldaten der Streitkräfte besetzten Radiostation *Radio Renascença* gespielt wurde, war dies das Signal für den beginnenden Militärputsch, der nur wenige

Stunden später die Diktatur unter Marcello Caetano gewaltlos zum Sturz brachte.

[39] Von der Nacht vom 24. auf den 25. April 1974 organisierten Soldaten der Bewegung der Streitkräfte (*Movimento das Forças Armadas*) einen Militärputsch, mit dem die Diktatur unter Marcello Caetano friedlich beendet wurde. Bekannt wurde die Revolution als *Revolução dos cravos*, Nelkenrevolution, da die Bevölkerung, die die Revolution begrüßte, rote Nelken in die Gewehrläufe der Soldaten steckte, um einen blutigen Aufstand möglichst zu verhindern. Kurz darauf wurde eine provisorische Regierung eingerichtet. Die dritte Republik wurde ausgerufen und erhielt 1976 eine neue demokratische Verfassung. Die Zensur wurde abgeschafft und die Kolonien erhielten ihre Unabhängigkeit.

[40] Anders als im Nachkriegsdeutschland gab es in Portugal keinen Fragebogen. „Jeder Deutsche musste einen Fragebogen ausfüllen… Wer im Fragebogen log, musste mit harten Gefängnisstrafen rechnen. Wenn aus dem Fragebogen hervorging, dass man Mitglied der Nazipartei war, durfte man kein Gewerbe oder keinen Beruf ausüben. Alles, was man tun konnte, war Holzhacken- und Schaufelarbeit", schrieb John Dos Passos in seiner Chronik *Century's Ebb*. Mit einigen Ausnahmen blieben portugiesische Richter, Polizisten, Universitätsprofessoren sowie andere Staatsbeamte mehrheitlich nach dem Umsturz der Diktatur in ihren Ämtern.

[41] Diese Textstelle stützt sich auf ein Foto, welches am 26. April 1974 vom Fotojournalisten Eduardo Gageiro im Hauptquartier der PIDE gemacht worden ist. Auf dem viel zitierten Foto sieht man, wie ein Soldat der Bewegung der Streitkräfte das Bild von António de Oliveira Salazar von der Wand nimmt.

[42] *Chega* (was wortwörtlich „es ist genug" bedeutet) ist eine portugiesische, konservative, nationalistische und rechtsradikale Partei, die 2019 gegründet wurde. Sich einer populistischen Rhetorik bedienend, stellt *Chega* die Europäische Union sowie das portugiesische demokratische System an den Pranger.

https://migueloliveira.jimdofree.com/deutsch